文史哲學集成

蔡芳定著

北宋文論研究

文史哲出版社印行

國家圖書館出版品預行編目資料

北宋文論研究 / 蔡芳定著. -- 初版. -- 臺北市:
文史哲, 民 91
面; 公分. -- (文史哲學集成 ; 385)
參考書目：面
ISBN 957-549-489-X (平裝)

1.中國文學 － 宋（960–1279）－ 評論

829.5　　91023933

文史哲學集成 385

北宋文論研究

著　者：蔡　芳　定
出版者：文史哲出版社
http://www.lapen.com.tw
登記證字號：行政院新聞局版臺業字五三三七號
發行人：彭　正　雄
發行所：文史哲出版社
印刷者：文史哲出版社
臺北市羅斯福路一段七十二巷四號
郵政劃撥帳號：一六一八〇一七五
電話886-2-23511028・傳真886-2-23965656

實價新臺幣二六〇元

中華民國九十一年(2002)十二月修訂初版

ISBN 957-549-489-X

自序

本書是我繼《中國文學批評史上之美學批評法》（碩士論文）、《唐代文學批評研究》（博士論文）之後，第三本有關文學批評的專書，也是我個人研究生涯階段性的工作成果之一。之所以選擇北宋文論作爲論述議題，主要原因有二：其一，延續我博士論文的研究線路。北宋文論與北宋古文運動密不可分；而北宋古文運動在某種程度上可說是中唐韓、柳等人古文創作的基本思想和探索精神的繼續。其二，北宋文論在整個中國文學批評史上具承上啓下的重要性。北宋文學批評，依據郭紹虞的觀點，剛好是文學觀念復古期的結束，許多本於以前的文學理論執其一端益以闡發，成爲更極端、更偏向的文學主張；許多本於以前偶一流露而未遑說明的零星主張，補苴完成以成其一家之言；再不然便是調和融合在此之前的文學理論之種種不同，而折衷而整合而打成一片。張健先生也認爲，宋代文學批評是中國文學批評史上的中興時期，批評業績及其成就值得重視。

特別北宋散文創作，在整個中國文學史上，發出絢麗多姿的光芒，文論扮演著指導的角色，在此情況之下，北宋文論更具研究價值。

全書計分六章：首章〈緒論〉載明寫作動機、文獻分析、研究目的、研究範圍與限制、研究方法；二章〈北宋文論之背景與發展〉敘述北宋文論產生之社會文化背景及其發展概況；三、四、五章按古文運動之歷史分期，分前、中、後三期，分別是〈北宋前期之文論〉、〈北宋中期之文論〉、〈北宋後期之文論〉，依歷史先後順序進行論述闡析諸位批評家之散文批評觀點，討論到的批評家計有：柳開、王禹偁、田錫、穆修、石介、歐陽修、蘇舜欽、周敦頤、二程、王安石、曾鞏、蘇洵、蘇軾、蘇轍等，透過其文集及相關資料，以歸納、比較的方式，作客觀的說明與批評；六章〈結論〉後附參考書目。

本書之作，歷時多年，寫作期間承蒙多位良師好友之鼓勵鞭策，終能完篇；完篇之後，仰賴諸位前輩先生的指正教益，終於付梓，深恩厚誼，不勝感荷。文史哲出版社慨允出版本書，彭正雄先生的支持協助，惠我良多，特此一併致謝。

民國九十一年十二月蔡芳定序於台北

北宋文論研究　目次

第一章 緒論

第一節 問題陳述

宋代是我國傳統社會內部，由中古向近古轉變時一個巨大的變革時期。儘管從國力、版圖和事功上看，它衰弱動蕩，缺乏漢唐那種強盛開拓的氣派，但是它的文化成就却呈現出承先啓後、宏通廣博的繁榮景象，在中國歷史乃至人類文明史上佔有重要的地位，給後世以很大的影響。論者以爲，宋代是中國文化史上最爲發達、覆蓋面最廣、程度最高的一個時代。是中國文化的集大成時期，也是中國文化的轉折時期。（註一）

從文學批評領域來看，印刷術的發明、歷朝重文政策，使得宋代的學術經典比以往任何時期要來得多，文學批評理論因之也得到極大的發展。宋代在此優勢之下，總結前代豐富的文學批評遺產，特別是中唐以來的文學復古運動，開啓批評史上的另一新紀元。郭紹虞在《中國文學批評史》一書中，把中國文學批評分爲三個時期，分別是：文學觀念演進期、文學觀念復古期、文學批評完成期。將周秦以迄南北朝劃爲文學觀念演進期；隋唐以迄北宋爲文學觀念復古期；南宋金元以迄現代爲文學批評完成期。（註二）宋代（特別是北宋），剛好位於「承上啓下」的階段。張健先生也曾替中國文學批評分期，將之分爲：萌芽期、初盛期、中衰期、中興期、鼎盛期、新生期等六期。先秦兩漢爲萌芽期；六朝爲初盛期；隋唐五代爲中衰期；宋元爲中興期；民國以後爲新生期。（註三）如此看來，宋代文學批評在中國文學批評史上地位之舉足輕重，不證可知。

兩宋文學批評之中，北宋文論尤爲學者所重視，主要因爲北宋文學復古（或稱革新）運動，是以復興韓、柳的古文爲主導，由於歐陽修、王安石、三蘇等人的參加，帶來了古文創作的繁榮，奠定古文在中國文學史上不可動搖的正宗地位，文論是古文創作的最高指導原則，因此，北宋文論實具研究價值。

第二節　文獻分析

北宋文論在中國文學批評史上，具有相當的份量，有關的著作均予評述，如：陳鍾凡《中國文學批評史》（註四）；郭紹虞《中國文學批評史》（註五）；方孝岳《中國文學批評》（註六）；朱東潤《中國文學批評史大綱》（註七）；羅根澤《中國文學批評史》（註八）；劉大杰《中國文學批評史》（註九）；敏澤《中國文學理論批評史》（註一〇）；周勛初《中國文學批評小史》（註一一）；蔡鍾翔等合著之《中國文學理論史㈡》（註一二）；張少康、劉三富《中國文學理論發展史（下）》（註一三）；蔣凡、郁沅《中國古代文論教程》（註一四）；楊星映《中國古代文學理論批評綱要》（註一五）；張毅《宋代文學思想史》（註一六）；李鐸《中國古代文論教程》（註一七）等。以上諸文獻，大抵取材宏富、立論精審、只因爲具「批評史」特質，致專題的探討不夠深入，論及的批評家也不夠全面。

北宋文論與北宋古文運動息息相關，學者有關北宋古文運動的研究甚多，較有系統者，有：金中樞〈宋代古文運動之發展研究〉（註一八）；祝尚書《北宋古文運動發展史》（註一九）；何寄澎《北宋的古文運動》（註二〇）；黃寶華〈北宋古文運動發微〉（註二一）；劉復生《北宋中期儒學復興運動》（註二二）；程杰《北宋詩文革新研究》（註二三）

等。以上六篇文獻對北宋古文運動發生之背景、理論基礎、發展情況，均有全面的觀照，有關諸家的文論，則有待充實。

諸家文論之論述甚夥，較出色的則有：張健先生《宋金四家文學批評》（註二四）與《歐陽修之詩文及文學評論》（註二五）；吳小林《中國散文美學》（註二六）王延梯〈宋初文風與王禹偁的文學觀〉（註二七）；王忠禮〈蘇舜欽文學思想試探〉（註二八）；熊憲光〈王安石的文學觀及其實踐〉（註二九）；金啓華〈北宋詩文革新三先驅略述〉（註三〇）；黨聖元〈蘇軾的文章理論體系及其美學特質〉（註三一）；楊雋〈從養氣說看蘇轍的文藝思想〉（註三二）；黃啓方《王禹偁研究》（註三三）、《兩宋文史論叢》（註三四）；牟世金《中國古代文論家評傳》（註三五）；孟英翰〈北宋理學家的文學理論研究〉（註三六）；洪光勳〈兩宋道學家文學理論研究〉（註三七）等。以上文獻，議論客觀、分析精到，頗具參考價值，唯羅列的批評家或一人或數人，在北宋文論此一命題之下仍有不足之處。

由上可知，北宋文論此一專題，仍有闡揚之空間。

第三節　研究目的

本書之研究目的主要有四：

一、敘述北宋文論賴以產生的社會文化背景。

二、闡明北宋文論的發展規律。

三、探討北宋文論家之散文批評及創作理論。

四、評估北宋文論在中國文學批評史上之地位與影響。

第四節　研究範圍與限制

本書將以文學批評之觀點，論述北宋文論之具體內涵及其成就。文論在此採狹義的說法，僅觸及散文理論的部分，至於北宋的詩論、詞論、小說論，則不在本書討論之列。

第五節　研究方法

本書採歷史研究方法，就直接資料之宋人文集、宋代史籍、宋人說部；間接資料之文學批評史、文論家文論等相關研究文獻，一一蒐羅考訂。進而將所蒐得之資料分別歸納、整理、綜合、分析、闡釋、解讀、比較，期使北宋文論之具體內涵，能獲致客觀系統之評述。

附註

註　一：姚瀛艇主編，《宋代文化史》（台北：雲龍出版社，一九九五年），頁一。

註　二：郭紹虞，《中國文學批評史》（台北：粹文堂書局，民六六年），頁二。

註　三：張健，《宋代文學批評》，巨流圖書公司主編，《中國文學講話㈧》（台北：巨流，民七五年），頁五一五。

註　四：陳鍾凡，《中國文學批評史》（台北：龍泉書屋，民六八年），頁九六～一〇一。

註　五：同註二，頁三〇三～三七〇。

註 六：方孝岳，《中國文學批評》（台北：文馨出版社，民六四年），頁六九～八〇。

註 七：朱東潤，《中國文學批評史大綱》（台北：台灣開明書店，民六八年），頁一一八～一七二。

註 八：羅根澤，《中國文學批評史》（台北：學海書局，民六九年），頁一～一四四。

註 九：劉大杰，《中國文學批評史》（台北：文匯堂，民七五年），頁一～八〇。

註一〇：敏澤，《中國文學理論批評史》（吉林：吉林教育出版社，一九九一年），頁五二三～六〇七。

註一一：周勛初，《中國文學批評小史》（台北：崧高書局，民六六年），頁一五三～一七二。

註一二：蔡鍾翔、成復旺、黃保眞合著，《中國文學理論史㈡》（北京：北京出版社，一九九一年），頁二八一～三九四。

註一三：張少康、劉三富合著，《中國文學理論發展史（下）（北京：北京大學出版社，一九九五年），頁一～六四。

註一四：蔣凡、郁沅主編，《中國古代文論教程》（北京：中國書籍出版社，一九九四年），頁二一七～二六六。

註一五：楊星映，《中國古代文學理論批評綱要》（重慶：重慶大學出版社，一九九九年），頁一四四～一四八。

註一六：張毅，《宋代文學思想史》（北京：中華書局，一九九五年），頁一～一二四。

註一七：李鐸，《中國古代文論教程》（北京：北京大學出版社，二〇〇〇年），頁一二九～一九〇。

註一八：金中樞，〈宋代古文運動之發展研究〉，《新亞學報》五卷二期（民五二年八月），頁一八一～二五三。

註一九：祝尚書，《北宋古文運動發展史》（成都：巴蜀書社，一九九五年），頁一～二六〇。

註二〇：何寄澎，《北宋的古文運動》（台北：幼獅，民八一年），頁一～五〇二。

註二一：黃寶華，〈北宋古文運動發微〉，《上海師範大學學報》一九九五年第四期，頁四三～四九。

註二二：劉復生，《北宋中期儒學復興運動》（台北：文津，一九九一年），頁一～一一七。

註二三：程杰，《北宋詩文革新研究》（呼和浩特：內蒙古教育出版社，二〇〇〇年），頁一～四〇二。

註二四：張健，《宋金四家文學批評》（台北：聯經，民六四年），頁一～四〇九。

註二五：張健，《歐陽修之詩文及文學評論》（台北：台灣商務，民六二年），頁一～八六。

註二六：吳小林，《中國散文美學》（台北：里仁，民八四年），頁一四九～二四四。

註二七：王延梯，〈宋初文風與王禹偁的文學觀〉，《文史哲》一九九八年第四期，頁二六～二九。

註二八：王忠禮，〈蘇舜欽文學思想試探〉，《四川師範學報》一九八三年第三期（一九八三年九月），頁八三～八八。

註二九：熊憲光，〈王安石的文學觀及其實踐〉，《西南師範學院學報》一九八一年第一期（一九八一年一月），頁三三～四〇。

註三〇：金啓華，〈北宋詩文革新三先驅略述〉，《江海學刊》（一九九二年五月），頁一五三～一五六。

註三一：黨聖元〈蘇軾的文章理論體系及其美學特質〉，《中國古代、近代文學研究》一九九八年第六期，頁二七五～二八二。

註三二：楊雋，〈從養氣說看蘇轍的文藝思想〉，《四川師範學院學報》（一九八九年一月），頁三～九。

註三三：黃啓方，《王禹偁研究》（台北：學海書局，民六八年），頁一～二五六。

註三四：黃啓方，《兩宋文史論叢》（台北：學海書局，民七四年），頁一～三三〇。

註三五：牟世金，《中國古代文論家評傳》（鄭州：中州古藉出版社，一九八八年），頁四四九～五一七。

註三六：孟英翰，〈北宋理學家的文學理論研究〉，國立台灣大學中國文學研究所，碩士論文，民七八年五月。

註三七：洪光勳，〈兩宋道學家文學理論研究〉，國立台灣大學中國文學研究所，博士論文，民八四年六月。

第二章　北宋文論之背景與發展

第一節　北宋文論之背景

北宋文論的背景因素十分複雜，其中影響最大、最直接的，主要有如下幾個方面：

一、科舉的擴大與改革

經過晚唐、五代的混亂局面，到了宋代，終於完成了全國的統一。宋太祖趙匡胤鑒於唐末五代內輕之弊，用趙普之謀，勵行中央集權。其主要措施除了集中兵權整頓軍隊、調整行政機構及權限、集中財權之外，便是廣開科舉之路。

宋王朝爲了換取豪門權貴對中央集權政治制度的支持，開科取士，廣泛的吸收知識分子參政。科目很多，貢舉設進士、諸科、明經，另外還有制舉、武舉、童子舉等。宋太宗時，且任用大批文官以代替原來的武官，稱之爲「興文教抑武事」。科舉取士的數目大爲增加，或間年一科，或三年一舉，每次錄取之進士多者三、四百人，諸科八、九百人，使宋朝官僚結構徹底改變。此外，在科舉制度的改革也日趨完善，如取消由近要大臣荐舉某人的公卷，使試卷成爲評定錄取的唯一標準。並創立了「糊名」、「謄錄」等方法，減少考官從中舞弊的可能，所謂「家不尙譜牒，身不重鄉貫」（陳傅良《止齋文集》卷三五〈答林宗簡〉），增加考試的公平性。基本上唯才是舉，中下層知識分子也有進身的機會。儘管科舉制度在實行中仍有許多新的弊端，但在北宋初年爲宋廷選拔人才、鞏固中央集權發揮了應有的積極作用。同時，科舉的擴大與改革，也促使了教育的普及，造成官僚的文人化，造就有宋一代文化學術的高度繁榮，對詩文革新運動起了重要的作用。（註一）

二、學校、書院的大量設立

北宋經濟繁榮，學校與書院大量設立。北宋初期，學校制度甚不完備，仁宗以後，各級學校逐漸發展起來。宋代學校有官學、私學兩大類，官學中又分中央學校與地方學校。

北宋中央學校皆隸國子監，共有十種，分別是：國子學、太學、四門學、宗學、武學、律學、算學、書學、畫學、醫學等；其中以國子學、太學最受重視。國子學，是以京朝官十品以上的應蔭子孫隸學受業；太學則以八品以下子弟及庶人子孫之俊異者充當學生。東京國子監，是從後周延續下來的，初無定額，後以二百人爲額。除東京國子監外，景祐元年（一〇三四年）五月，以河南府學爲西京國子監；慶曆二年（一〇四二年）十二月，以南京府學爲南京國子監。宋初太學，規模甚爲狹小，直到熙寧、元豐年間，勵行新法，太學規制始弘。熙寧四年（一〇七一年）十月，立太學三舍法，始入太學爲外舍，定額爲七百人；外舍升內舍，定額三百；內舍升上舍，定額一百。各執一經，從講官受學；每月考試，優等者以次升舍，上舍免發解及禮部試，召試賜第。後因生員增多，乃盡以錫慶院及朝集院建講學堂。其後增置八十齋，每齋三十人，外舍生二千人，每年一試，補內舍生，名額一百。崇寧年間，又在京師南郊營建外學，賜名辟雍，蓋屋一千八百零七，太學專處上舍、內舍生，外學則專處外舍生；上舍二百人、內舍六百

人、外舍三千人。（註二）

至於地方學校，北宋初期甚少，且不許州縣隨便興學；大中祥符二年（一〇〇九年）二月以後，始允許州縣置學，此後地方學校逐漸興起，其教學內容大致以「講求經旨明禮躬行」爲本。北宋末年，地方學校發展到高峰，招生範圍擴大，等級限制放寬，以致出現了「雖瀕海裔夷之邦，執垂髫之子，孰不抱籍綴辭」的狀況。（范成大《吳郡志》卷四〈學校〉引朱長文記）學生總數增多，有用之才，相對增加，如：范仲淹、歐陽修、王安石、蘇軾等著名文學家、政治家、思想家都是出身於此之知識分子。（註三）

宋代私學甚爲發達，《宋史》道學傳、儒林傳、隱逸傳以及《宋元學案》中有關私學的記載，舉目皆是。私學，教者認眞負責，學者勤奮不懈，師生親如父子，學風至爲優良。（註四）

書院之名，始於唐代；私人講學的書院，則起於唐中期。北宋初年，海內向平，文風日起，老儒往往依山林、即閑曠以教授，加上官學凋弊，書院遂逐漸興起。全國聞名者，計有：石鼓、岳麓、白鹿洞、應天府、嵩陽、茅山等書院。書院是士大夫留意斯文者所建，前現後隨，皆務興起；教養之規，往往過於學校。隨著書院的興起，北宋講學

之風大盛，不同學派之間常常相互辯難，直接促進學術發展。（註五）

三、印刷術的廣泛使用

北宋科技進步，三大發明在經濟繁榮的情況下應運而生，印刷術的廣泛使用，特別值得注意。我國古代雕版印刷，始於隋唐，到了五代則有進一步的發展，在五代雕版印刷的基礎上，北宋雕版印刷大大盛行起來。北宋雕印的圖書大致分爲官刻本、家刻本及坊刻本。官刻本方面，北宋國子監於太宗端拱元年（九八八年）開始雕印群經正義，迄眞宗咸平年間，共刻九經三傳，之後還陸陸續續刻印了史部：《史記》、《漢書》、《後漢書》、《三國志》、《晉書》、《南北朝七史》、《南史》、《北史》、（隋書》、《唐書》、《五代史記》等。此外，還刻印了諸子、詩文集，以及醫書、算書、類書、佛經等。坊刻本方面，以福建建安余氏爲最有名。家刻本方面，據葉德輝《書林淸話》所錄，則有：岳氏相台家塾等。從刻書分布的地點來說，四川的成都、浙江的杭州、福建的建安，是當時雕版印刷的二大中心。從刻印書籍的質量上來講，北宋初年，四川刻板印刷事業最盛；到北宋末年，杭州刻板最爲精美。除了雕版印刷外，北宋仁宗時畢昇還

發明了活字印刷。（註六）

印刷術的廣泛使用，著名作家的作品能很快的被傳刻摹印；而圖書的廣泛流佈，既提高了全民的文化素養，也使文學觀點及文學作品迅速傳播。

四、變法革新的不斷開展

北宋至仁宗時，社會危機日益嚴重，冗官冗兵冗費，造成國家積貧積弱的局面；土地高度集中和賦役苛重迫使階級對立迅速激化，加上外患頻仍，要求改革的呼聲甚高。先是一部分有爲的政治家，不斷向仁宗提出各種改革意見，代表人物是范仲淹。天聖三年（一〇二五年），范向皇帝寫了一道奏疏，提出「賞延」之弊，即宋代恩蔭太濫所造成的因循守舊的壞風氣；天聖五年（一〇二七年），他又爲了一篇〈上執政書〉批評朝廷滿足於表面的天下太平，聽不進不同的意見。指出宋王朝兵久不用、武備不堅、內外奢侈、國用不充、官僚沒有受過訓練、缺乏人才等許多弊病，提出「固邦本、厚民力、重名器、備戎狄、杜奸雄、明國聽」的具體建設（范仲淹《范文正公集》卷八），但當局置若罔聞。天聖八年（一〇三〇年），范通判河中府，根據當地州縣戶口稀少、吏員衆多的情況，上疏要求合併州縣，減輕差役，以寬民力。但幾次上疏都石沈大海，倒引起歐陽修、富弼、余靖、尹洙、蔡襄等人的支持，但卻被斥爲「朋黨」飽受打擊。慶曆年間，王堯臣、歐陽修、尹洙等人又再度予以聲援，復加上內憂外患，在地主階級內部一片改革聲中，范仲淹綜合了多年的意見加以補充發揮，於慶曆三年（一〇四三年）九月寫了一篇〈上十事疏〉呈給了宋仁宗，核心是澄清吏治、富民強兵、勵行法治。這十件要事就是變法新政的政策綱要，歸納起來分爲二大項：㈠澄清吏治方面包括五事，即：明黜陟、抑僥倖、精貢舉、擇官長、均公田。㈡富民強兵方面包括三事，即：厚農桑、修武備、減徭役。㈢勵行法治方面包括二事，即：推恩信、重命令。從慶曆三年十月至四年五月之間，仁宗先後以詔書的形式頒行全國；澄清吏治獲得顯著成效，無奈新政觸犯了貴族及官僚的既得利益，引來他們的激烈反對，他們無中生有攻擊范仲淹專權、結黨營私，甚至誣告范仲淹想廢黜皇帝，僅僅一年左右，范仲淹、杜衍、富弼、韓琦、歐陽修先後貶至各地，新政宣布撤銷；這次改革史稱「慶曆新政」。（註七）

慶曆新政失敗以後，宋朝內部矛盾仍在向前發展，農民的不斷抗爭迫使要求改革的呼聲，在一度沈寂之後，又再度高漲，終於掀起轟轟烈烈的王安石變法運動。王安石在嘉祐四年（一〇五九年），寫成著名的〈上仁宗皇帝言事書〉（即〈萬言書〉），從幾個方面指出宋朝內部的危機，並提出具體改革意見，然而他的〈萬言書〉既沒有引起宋仁宗的注意，也沒有爲執政大臣所支持，但卻受到主張改革的士大夫們的重視，在社會上引起了注意。及至宋神宗即位，頗思改革，熙寧二年（一〇六九年）初起用王安石爲參知政事負責變法，設置「制置三司條例司」作爲變法的指導機構，以呂惠卿主其事，制定、推行了一系列新法。熙寧三年（一〇七〇年）底王安石升任同中書門下平章事（宰相），變法進一步展開。王安石變法的目的是爲了富國強兵，主要內容可分爲「理財」和「整軍」兩大類。爲「理財」而推行的新法，有：均輸法、青苗法、農田水利法、免役法、市易法、方田均稅法等。爲「整軍」而推行的新法則有：將兵法、保甲法、保馬法、軍器監等；此外還改革科舉與學校制度。王安石的改革，一如范仲淹觸犯到豪門權貴的經濟利益，遭致他們的強烈反抗，展開了以王安石爲首的新黨及以司馬光爲首的舊黨之爭，王安石因舊黨的嚴重阻撓及新黨內部的分裂，先後兩次罷相，終於含恨而死，新法因此結束。（註八）

值得注意的是，宋代文論與古文運動密不可分；北宋古文運動發展到中期，往往與政治改革同步，許多政治改革家，同時也是文體改革家。因爲，衰敝的文風，同樣也是政治改革家們試圖改革的社會弊端之一。從仁宗時范仲淹的「慶曆新政」到神宗時的變法革新，在他們爲政治、經濟、國防大力改革同時，也要求詩文反映現實，以適應政治改革的需要。范仲淹曾建議「敦促詞臣興復古道」（范仲淹〈奏上時務書〉），宋仁宗也二次下詔申誡浮文、提倡散體。王安石更是主張文貴致用，使文學爲政治服務。又如歐陽修，本身既是推動「慶曆新政」的重要人物，同時也是文壇盟主，一直領導古文運動走向勝利；至於蘇軾也主張改革文體，他反對王安石的只是王的激進措施罷了。（註九）

五、儒學復興與理學的產生

北宋是儒學眞正復興的時代，除了統治者重視儒教、強調文治之外，學者也努力進行舊儒學的改造。統治者的行動便是對孔子的尊崇和對儒學的提倡。對孔子的尊崇方面，如：建隆二年（九六一年），太祖下令貢舉人到國子監拜謁孔子，並著爲定例：永遠執行。次年，下令用一品禮祭孔子。大中祥符元年（一〇〇八年），眞宗追封孔子爲「元聖文宣王」，同年，他到泰山封禪，到曲阜孔廟行禮，拜謁孔子墳墓；又命翰林學士晁迴祭奠孔子父母。對儒學的提倡方面，除選派儒生講學，擔任重要文事工作之外。眞宗撰〈崇儒術論〉在國子監刻石，曰：「儒術污隆，其應實大；國家崇替，何莫由斯。故秦衰則經籍道息，漢盛則學校興行。其後命曆迭改，而風教一揆。有唐文物最盛，朱梁而下，王風寖微。太祖、太宗丕變弊俗，崇尙斯文。朕獲紹先業，謹遵聖訓，禮樂交舉，儒術化成」（〈續資治通鑑長編〉卷七九，大中祥符五年十月辛酉）。由此可見，儒學在北宋受到統治者何等的重視。（註一〇）學者之中，如：范仲淹、胡瑗、歐陽修、李覯等人，他們不僅是政治家、文學家而且也是思想家，他們都不斷的在改造舊儒學、創造新儒學的道路上努力。北宋古文家柳開、王禹偁、石介等，繼承崇儒的傳統，目的就在通過古文運動振興儒教，因此推崇道統，重視儒家之道；文與道，成爲北宋文論的一個焦點。（註一一）

在諸儒的努力改造及佛家思想的影響之下，理學應運而生。理學講的是正心誠意、致知格物的心性之學，北宋代表人物是程頤與程顥。理學最初的目的，本在中興儒學、抵制佛道，但他們的議題內涵及思維方式，無形中也蹈襲了佛道的理論和方法。北宋理學的興起，對文風的改革起了推波助瀾的作用。理學的先驅者，如：柳開、石介等人，從明道致用的立場，反對浮靡虛華的文風，在端正文風上有一定的積極作用，然而後來的理學家，都在過度強調文學爲理學服務的宗旨下，充滿對於文學的輕忽與仇視。周敦頤「文以載道」的說法，視文爲道的附庸；二程，更變本加厲，把文學家斥爲「俳優」，把文學作品看成是「玩物喪志」的產物。

第二節　北宋文論之發展

北宋文論，基本上是沿續中唐以後的文論向前發展，由於歷史條件的新變化，促使中唐以來偏重文學社會教化作用和偏重文學藝術的兩大流派，在理論上進一步深化；而北宋文論的發展基本上和北宋古文運動同步進行。

宋初瀰漫著唐末五代以來華艷頽靡的形式主義文風，以柳開爲代表的一派古文家，首先批判唐末五代的頽靡文風，提倡文學韓柳，要求文章闡述古道，正式展開古文運動。他們強調爲文不在辭澀言苦，要求通達平易以求經世致用；但之後不久則特別強調儒家道統，企圖將古文運動變成儒道運動，表面上主張文道合一，實際上是將古文納入古道的範疇，使文成爲道的附庸；而他們所講的道，主要是宣揚三綱五常的道德，要求文章發揮社會教化的作用。

柳開將古文運動引入歧途，緊接而起的王禹偁雖也尊經重道，但他少提道統，而是強調「追逐唐風」繁榮文學創作，以不使唐文專美於前爲己任。他以爲古文的功能在傳道明心：他的道講求的雖也是儒道，但同政治事功產生較爲密切的聯繫；明心則直指作者思想感情的表達。他主張遠師六經近師韓柳，爲文易道易曉、詞簡理正；在號召文學韓柳的同時並不排斥駢文，反而提出駢散分工的理論。同時以其傑出的創作成就，在整個北宋古文運動史上，有著不可磨滅的功績。在此同時，有一批徘徊於古今南北之間的作家，他們是駢文家卻自稱好古，提倡文學韓柳反對淫靡文風，是古文運動的同盟軍，他們之中以田錫爲代表。田錫的文論，在當時獨樹一幟；他不要求文章反映儒家道統，而是主張任性而發。在文學繼承、文學師法上，他博採衆長轉益多師出入群賢隨其所歸；在文道關係上則強調文道並重，從藝術角度來講道與道統，文章除了經緯大道之外，更注重其藝術性；文章風格則要求樸素自然。他的文論爲後起的蘇洵、蘇軾所接受。（註二）

眞宗初年，柳開、王禹偁相繼去世後，後起無人，西崑派駢文異軍突起，穆修及其門人，在困苦的環境中堅持力行，古文運動不絕如縷。穆修拋棄道統論，主張文在道外以古文爲主，在革新中起了首倡作用。他的弟子尹洙主張文由心出；另一弟子蘇舜欽對古文則特別執著，除了提倡古文以救時弊之外，更強調文章要警時鼓衆發揮救失作用。而另一大儒石介雖然擊潰了西崑派強大的駢文陣線，但卻產生新的嚴重弊端；他重覆柳開大肆鼓吹道統的錯誤，強調文統道統兩位一體，道統之外無文統，文統只能在道統中體現，他同時主張文本諸識一焉於聖人之道。除了將古文運動引到怪僻方向，產生另一怪僻文體——太學體之外，由此進一步發展，產生了理學家文論。理學家從唯心主義「明心見性之學，天理人欲之辨」的理論出發，周敦頤倡導「文以載道」，主張文學爲道德服務；二程甚且提出「作文害道」的說法，否定一般文學家所作之文，提出：先道後文、先質後文的主張。

石介病逝之後，歐陽修登上文壇，用他富有建設性的文論和突出的創作成就，引導古文走向發展的方向。他一方面掃蕩「西崑體」餘風，另方面則與「太學體」進行抗爭，終於奠定北宋古文運動的勝利基礎。歐陽修主張文道並重，提出「道勝文至文與道俱」的觀點，他的道雖也是儒道，卻已注意到「關心百事」和「中於時病」；他把「道」和「百事」聯繫起來，強調文學與現實的聯繫。他主張爲文簡而有法，做到言簡意深，語言風格則強調平淡自然。

北宋後期，繼起的歐門弟子，讓古文運動取得輝煌勝利，代表人物則有曾鞏、王安石、三蘇父子。曾鞏論文仍以經世致用爲其核心，十分重視聖人之道，以爲作文應本於經義而歸於治道。王安石倡行新法，其文論有政治家的特色，他以爲文章的作用就在於「務爲有補於世」；基於此，他強調內容爲主形式爲次。蘇洵爲北宋重要政論家，在文章見解上，他衝破儒家「文以貫道」的藩籬，提出文章四用說：「事以實之，詞以章之，道以通之，法以檢之」；在文學創作的內在特殊規律上，則提出「風水相遭自然以成文」的說法，論述文學創作衝動或靈感的問題。蘇軾論文比較接近歐陽修而有不少發展，他以爲文章要有所爲而作，重視散文的社會作用；在文道關係上，主張文以貫道，但他對道的理解比較寬泛，他的道不限於事父事君的政治倫理，也非道學家的心理性命而是萬事萬物的客觀規律性；在創作上他要求「辭達」，主張作家宜擺脫形式的束縛，擁有充分的表達自由；在文章藝術風格上，則要求文理自然姿態橫生。蘇轍文論，最值得注意的則是他的養氣說，蘇轍以爲「文者氣之所形，然文不可學而能，氣可以養而致」，把文當作氣的直接表現，因此學文就必須養氣，養氣之要點，一在加強內心的修養，一在增加外境的閱歷和見識。

附註

註　一：周寶珠、陳振主編，《簡明宋史》（北京：人民出版社，一九八五年），頁三三～三五。
註　二：同註一，頁四七四～四七六。
註　三：姚瀛艇主編，《宋代文化史》（台北：雲龍出版社，一九九五年），頁一一四。
註　四：同註一，頁一一六。
註　五：傅樂成，《中國通史》（台北：大中國圖書公司，民六五年），頁六〇三。
註　六：潘美月，《圖書》（台北：幼獅，民七五年），頁六七～七一。
註　七：王明蓀，《中國通史——宋遼金元史》（台北：眾文，民七五年），頁四一～四二。

註　八：張傳璽主編，《簡明中國古代史》（北京：北京大學出版社，一九九一年），頁四七八～四八二。

註　九：祝尚書，《北宋古文運動發展史》（成都：巴蜀書社，一九九五年），頁五。

註一〇：同註三，頁二〇。

註一一：同註九，頁一〇。

註一二：同註九，頁八三～九二。

第三章　北宋前期之文論

北宋前期，指由建隆元年（九六〇年）至仁宗慶曆年間，大約從十世紀的七十年代至十一世紀初，是北宋古文運動的開始發動階段。當時形式主義文風盛行，先驅者不斷倡行改革，較爲重要的批評家有：柳開、王禹偁、田錫、穆修、石介等。

第一節　柳開

柳開（九四七——一〇〇〇），字仲塗，號東郊野夫、補亡先生，大名（今河北大名縣東北）人。少好討論經義，慕韓、柳古文，遂自名「肩愈」，字紹先，頗有承繼韓、柳文學事業之用心。宋太祖開寶六年（九七三年）進士，累拜殿中侍御史。咸平三年（一〇〇〇年）徙滄州，病逝於道，年五十四。有《河東集》十五卷、附錄一卷。

《宋史》卷四四〇有傳。柳開不滿唐末五代以來的文風，志在復興有宋文章，爲宋初首倡古文者，提出一系列的古文理論，產生重大而深遠的影響，其文論如下：

一、提倡古文恢復古道崇尙韓文

宋初文壇瀰漫著一股汕靡文風，柳開不滿當時文體卑弱，指責時文「華而不實」唯以「刻削爲工、聲律爲能」（〈上王學士第三書〉《河東集》卷五）「輕淫侈靡張皇虛詐。苟從順欲，求順己利」（〈答臧丙第三書〉《河東集卷六》）因而首倡古文，要求文章闡述古道。〈應責〉一文云：

或責曰：子處今之世，好古文與古人之道，其不思乎？苟思之，則子胡能食乎粟、衣乎帛、安於衆乎？衆人所鄙賤之，子獨貴尙之，孰從子之化也，忽焉將見子窮餓而死矣。柳子應之曰：於乎！天生德於人，聖賢異代而同出。其出之也，豈以汲汲於富貴，私豐於己之身也，將以區區於仁義，公行於古之道也。己身之不足，道之足，何患乎不足；道之不足，身之足，則孰與足？今之世與古之世同矣，今之人與古之人亦同矣。古之教民，以道德仁義：今之教民，亦以道德仁義。是今與古，胡有異哉？古之教民者，得其位，則以言化之，是得其言也，眾從之矣；不得其位，則以書於後，傳授其人，俾知聖人之道易行，尊君敬長，孝乎父，慈乎子。大哉斯道也，非吾一人之私者，天下之至公者也。（《河東集》卷五）

〈上王學士第四書〉又云：

代言文章者，華而不實，取其刻削爲工，聲律爲能；刻削傷於朴，聲律薄於德；無朴與德，于仁義禮智信也何？其故在於幼之學焉，無其天性也，自不足于道也。（《河東集》卷五）

柳開的「道」，其內涵指的是仁義禮智信等固有倫理，文章最高標準則爲「夫子之經書」，因而作家中，柳開最推崇韓愈，只因爲韓文「有善者益而成之，有惡者化而革之」（〈昌黎集後序〉《河東集》卷一一）符合孔子之旨，是習文之最佳典範。將韓文作爲反對刻削藻飾的駢儷文風之武器而加以鑽研、整理，但柳開的崇尚韓文，卻有很大的偶然性和盲目性，在〈上符與州書〉〈答臧丙第三書〉（《河東集》卷六）中他自述個人「性僻」、「氣古」、「生而好古」，與當時文壇雕刻破碎的文風，格格不入，因而任何稍異於時的作品，都能被他迅速地引爲同道。柳開正是在此情況之下，偶然的接觸了韓文，那一年他十七歲，儘管他得之欣喜若狂，但依然是被動、盲目的。（註一）這種被動、盲目的情況，可以從他對韓愈的評論，看出端倪，〈昌黎集後序〉，云：

> 先生於時作文章，諷頌規戒，答論問說，淳然一歸於夫子之旨而言之，過於孟子與揚子雲遠矣。先生於爲文，有善者益而成之，有惡者化而革之，各婉其旨，使與勃然而生於亂者也，是與章句之徒一貫而可言邪？（《河東集》卷一一）

在此，柳開認爲韓文不論是諷、頌、規戒、答論、關說，皆以孔子之道爲宗旨，其文辭遠在孟子、揚雄之上，與一般章句之徒不可同日而語，已經「過於孟子與揚子雲遠矣」，接著他又寫道：

> 觀先生之文詩，皆用於世者也，與《尚書》之號令，《春秋》之褒貶，大《易》之通變，《詩》之風賦，《禮》《樂》之沿襲，《經》之教授，《語》之訓導，酌於先生之心，與夫子之旨無有異趣者也。先生之於聖人之道，在於是而已矣。

柳開有過度抬舉韓文的現象，說韓文皆是用於世的，與《尚書》號令、《春秋》褒貶、大《易》之通變、《詩》之風賦……等等相似，但細察韓文，發現韓愈作品，大抵皆文學之作，雖有用世篇章，但絕非哲學著作或政治文書，硬把韓愈說成是聖賢的結果是對道統的片面誇大與曲解。（註二）如此盲目的熱情，通常不能持久；果不其然，五年之後，他就把尚韓成果的〈東郊書〉，在乾德、開寶之交「一旦悉出焚之」被迫徹底轉向，從韓愈的行事重新找到自己生活的位置與理想的方向，迅速放棄革除淫靡文風的初衷轉而對事業道德的追求。（註三）

二、爲文不在辭澀言苦而在通達平易以求經世致用

柳開要求文章闡述儒道，闡道之文不得使用華艷的駢文，必須採用質樸的古文。何謂古文？〈應責〉云：

子責我以好古文。子之言，何謂爲古文？古文者，非在辭澀言苦，使人難讀誦之：在於古其理，高其意，隨言短長，應變作制，同謂古人之行事，是謂古文也。子不能味吾書，取吾意，今而視之，今而誦之；不以古道觀吾心，不以古道觀吾志，吾文無過矣。吾若從世之文也，安可垂教於民哉？亦自愧於心矣。欲行古人之道，反類今人之文，譬乎游於海者，乘之以驥，可乎哉？苟不可，則吾從

於古文。

此爲柳開最著名的一段議論，也是他對宋代古文運動在理論上最重要的貢獻。時人不懂古文含義，柳開以多年研習韓文之心得，道出爲古文之標準，闡明古文的含義與特徵，指涉如下幾個問題：其一、在文字風格方面，古文行文不在辭澀言苦，使人難以讀誦，而該通達平易，成爲一種運用自如，廣被大衆普遍使用的工具。（註四）其二、在思想內容方面，他要求古文「古其理高其意」。所謂「古其理」是指古代儒家道統，其具體內容就是道德仁義等固有倫理；所謂「高其意」即是高出專以媚俗的綺麗今文之意，較之多了一點扎實的思想內容；「意」指的也是古道，綜言之，即宣傳聖人之道。（註五）其三，在言辭形式方面，古文應當「隨言短長，應變作制」亦即要求文隨意轉，反對辭澀言苦、駢偶對仗，既要打破駢文形式之拘執，也要根據思想感情的需要做到通達平易。其四、在目的功用方面，要求古文「同古人之行事」，亦即達到效法古人，有益於教化，達到經世致用的目的。《答臧丙第二書》強化了這個觀念：

文取於古，則實而有華；文取於今，則華而無實。實有其華，則曰經緯人之文也，政在其中矣。華無其實，則非經緯人之文也，政亡其中矣。（《河東集》卷六）

爲求經世致用，文章不能「華而無實」，必須「實有其華」，細繹之，即以通達平易爲散文審美標準。但柳開並未在實踐上執行此一標準，他的文風終不免有「辭澀言苦」之「奇」弊。近人章士釗評其文說：「宋初，先於穆伯長而以開古文途徑自豪者。柳姓名開，字仲塗，其文之不從字順，臃腫滯澀，幾使人讀之上口不得」。(《柳文指要・宋初古文》。理論與實踐的矛盾，使他首倡的古文運動，「卒不能救」，在成效及影響層面上大打折扣。(註六)

三、文道合一

由上可知，柳開以文章爲明道工具，文章的價値在表現道，就經世致用的立場而言，文章應有益於政令。〈上王學士第四書〉云：

> 文籍之生於今也久矣，天下有道，則用而爲常法；無道，則存而爲具物，與時偕者也，夫所以觀其德也，亦所以觀其政也……號令於民者，其文矣哉。……發于內而主于外，其心之謂也；形于內而體于外，其文之謂也。

然則「文」「道」之關係究竟如何呢？〈應責〉云：

食乎粟，衣乎帛，何不能安於衆哉？苟不從於吾，非吾不幸也，是衆人之不幸也；吾豈以衆人之不幸，易我之幸乎？縱吾窮餓而死，死即死矣，吾之道豈能窮餓而死之哉？吾之道，孔子、孟軻、揚雄、韓愈之道，吾之文，孔子、孟軻、揚雄、韓愈之文也。子不思其言，而妄責於我。責於我也即可矣；責於吾之文，吾之道也，即子爲我罪人乎！

文與道，道爲目的文爲手段，道爲主要文爲次要，根本上是合一的。所謂「文道合一」，柳開以爲「吾之道，孔子、孟軻、揚雄、韓愈之道；吾之文，孔子、孟軻、揚雄、韓愈之文」，依柳開之意，道指尊君敬長父慈子孝的儒家倫理道德，文指包括韓、柳在內的「古代」、「古人」意義上的古文，道與文皆出自聖賢，除聖賢之外其他皆不足論。（註七）在他眼裡只有經書精純，其他皆爲駁雜，〈東郊野夫傳〉云：

司馬氏疏略而該辯，泛亂而宏遠，班氏辭雅而典正，奇簡而釆摘，下乎范氏，不迨二家也，多俗氣矣。吾之所述，居二家之良者。（《河東集》卷二）

〈答陳昭華書〉又云：

百子，鳥獸也；經，其龍也。鳥獸潛伏其林藪，群生其性命，或毒焉，或鷙焉。

龍翔乎天，變化其神哉！霈甘澤，利下土，春夏無之則萬物槁，陰陽是賴之者也。觀宇宙，則知其域中之大矣；誦其經，則知其百子之說亂矣。……百子，老佛之流。老、佛之說能惑，故小人奉之。百子亂，老、佛惑，聖人世不容。（《河東集》卷六）

出色如司馬遷、班固之作，他都略有微詞，諸子百家，更是等同佛老，概加排斥。在〈上王學士第四書〉提到如何爲文時，他更強調：「文之不可遽爲也，由於心智而出於口」「心與文一者也」；而心卻有其特定內容：「君子用己心以通彼心，合則附之，離則誘之，咸然使至于善矣。放六經之于時若是也。」可見，在柳開看來，君子之心就是六經，「心與文一」即文與六經合一，道——心——文，這是柳開古文生成的模式。（註八）柳開十分重視心在文與道之間的中介作用，比起韓愈漠規古文與生活關係，徒讓文以明道，停留在口號上，可謂前進一步，可惜的是，柳開把心濃縮爲「天之性」，反而造成了錯誤的一步。當時有人向柳開質問：凡文「皆始於心」何以又有高下之別？柳開如此回答：古今高下之別導源於文有虛實之辨——「始於心而爲若實，終於文而成乃虛，習於今者也；始於心而爲若虛，終於文而成乃實，習於古者也。」（〈上王學士第四書〉《河東集》卷五），在此，「虛」、「實」，不僅僅指思維狀態，更重要的是指不同的精神境界，虛就是「不雜」，「心」「道」晶瑩透徹地融爲一體；「實」就是「不純」，「雜乎經史百家之言」，遠「道」之徵。爲何有此不同之精神境界？柳開以爲，主要由於「天之性」：「天生而知道，天之性也」「衆人則教矣，賢人則舉矣，聖人則通矣。」「聖人通之以盡其奧……賢人得之者幾……衆人得之者不達於一」（〈上王學士第三書〉《河東集》卷五）。次要由於「師之功」：「學而得其道，師之功也。」（〈續師說〉《河東集》卷五）「道」是文的源泉和內容，「心」與「道」合是「道」與「文」一的條件，「天之性」是「心」與「道」合的首要前提。（註九）如此他便徹底割斷古文和生活的聯繫，把古文推向更虛渺、神秘的方向。

基本上，柳開的文，侷限於六經之文，不是韓柳的辭章，他反對向六經以外借鑒，〈上王學士第四書〉云：「雜乎經史百家之言，苦學而積用，不有其功且大乎，且如是小矣，君子之文簡而深、淳而精，若欲用其經史百家之言，則雜也。」他也反對突破六經的任何造言：「裁度以用之，構累以成之，役其心而求於外，非由心而生於內也。」（〈上王學士第四書〉）。他的復古傾向十分明顯——回到六經去，內容——轉述經旨，形式

——模仿經言。如此認識與主張，與韓柳文體革新恰成對立。（註一〇）因而他的「文道合一」顯然有別於韓柳的「文以明道」，「文以明道」文是文、道是道，文道分家，明道只是文的許多功能之一，而柳開的「文道合一」則是學得聖賢之「道」，即學得聖賢之「文」，有其「道」就有其「文」；文就是道，道就是文，且六經之外無文，嚴重抹煞文學作品同一般文章的區別嚴重否定文學的藝術形式，是重道輕文，以文從屬於道。

綜上所述，柳開的文論，對當時的華靡文風，確有補偏救弊之效，但由於缺乏宏觀及歷史的進化觀，遂使他的古文理論有嚴重的偏頗性及保守性。其一，過度重視思想內容輕視文采辭華；其二，內容過度侷限於封建倫理，而非批判現實，關心民疾（註一一）；其三，要求語言通達平易卻又強調行古道必從古文入手，二者互相矛盾無法擺脫行文的艱深古奧；其四，文道合一，重理輕文、重理輕辭，根本顛倒了文學與社會現實的關係，因而在宋初古文運動，柳開充其量只是一個開創者，而非完成者，影響不大，從者甚稀。

第二節　王禹偁

王禹偁（九五四——一〇〇一），字元之，濟州鉅野（今山東鉅野縣南）人，出身農家，宋太宗太平興國八年（九八三年）進士，以文名爲太宗所知，曾三掌制誥，一入翰林。但因多次指責朝政，又曾八年三黜，有《小畜集》三卷傳世，《宋史》卷二九三有傳。

王禹偁是北宋早期著名的文學家、詩文革新的倡導者，與柳開一樣，對唐末以來的頹靡文風，深表不滿，圍繞著「革弊復古」的宗旨，在宋初高舉韓柳旗幟，號召文體革新，是宋初眞正在古文運動上有所貢獻的大將。其文論如下：

一、古文的功能在傳道明心

王禹偁與柳開同樣主張文道合一，但他更突出了「傳道明心」的主張，〈答張扶書〉云：

> 夫文，傳道而明心也。古聖人不得已而爲之也。且人能一乎心至乎道，修身則無咎，事君則有立。及其無位也，懼乎心之所有，不得明乎外，道之所畜，不得傳乎後，於是乎有言焉；又懼乎言之易泯也，於是乎有文焉。信哉不得已而爲之

也！既不得已而爲之，又欲乎句之難道邪，又欲乎義之難曉邪，必不然矣！（《小畜集》卷一八）

「道」與「心」都是文章之內容。王禹偁以爲古文的功能在「傳道明心」，文爲「傳道明心」而生，即所謂「不得已而爲之」，具體道出文道關係。（註一二）王禹偁的「道」雖也是儒道，講的卻是修身事君的道德理性，有別於柳開的是，他吸取儒家操守正直、積極入世、注意民生的一面，不僅僅限於忠君、敬長、孝父、慈子的倫理綱常，而且同政治事功、實際生活產生較爲密切的聯繫。（註一三）〈送譚堯叟序〉云：

古君子之爲學也，不在乎干祿位，而在乎道義而已。用之，則從政而惠民；捨之，則修身而垂教，死而後已，弗知其他。科試以來，此道甚替，先文學而後政事故也。然而文學本乎六經者，其爲政也，必仁且義，議理之有體也；文學雜乎百民者，其爲政也，必貪則察，涉道之未深也。……讀堯、舜、周、孔之書，師軻、雄、韓、柳之作，故其修身也譽聞於鄉里，其從政也惠布於郡縣。（《小畜集》卷一九）

〈三黜賦〉又云：

屈於身兮不屈其道，任百謫而何虧？吾當守正直兮佩仁義，期終身以行之。（《小畜集》卷一七）

由此可知他要傳的「道」不僅限於儒家經典，已經聯繫到實際的政治和民生。大陸學者張毅在其所著《宋代文學思想史》一書中對於王禹偁的「道」有相當深刻的見解，他以爲王禹偁的道不限於六經所言的儒道，已包含道家思想在內。對此，他舉了二個例子，其一，在王禹偁〈日長簡仲成〉一詩中說：「子美集開詩世界，伯陽書見道根源」（《小畜集》卷九）「伯陽書」指的是老子的著作《道德經》，此處所謂的「道根源」當指老子《道德經》第十六章〈歸根篇〉所說的「至虛極，守靜篤」，是一種淸靜自然的生活態度和虛靜自得的心理狀態。其二，王禹偁曾爲同年文友羅處約文集寫的一篇〈東觀集序〉中說羅處約「所爲文必臻乎道」（《小畜集》卷一九），羅處約的《東觀集》今已佚，但《宋史》保存他的〈黃老先六經論〉，文中羅處約雖未講明道家之道與六經的關係，但「道與六經一也」的觀點却十分明確，而且羅以「無」來定義道，持的是道家一派的立場。由此可見，王禹偁說他「所爲文必臻於道」的「道」自然也就不限於儒道，而是包含了道家思想在內。（註一四）張毅的說法十分可信，因爲王禹偁〈黃州新建小竹樓記〉（《小畜集》卷一七）即充分流露道家氣息的生活情趣。

王禹偁將「文」與「道」視作不同的兩回事，文是文，道是道。「傳道」是用文章傳播「古道」，傳道儘是爲文的任務而非目的，文除「傳道」還可「明心」。何謂「明心」？他沒有多作解釋，但顯然是指表達作者的思想感情；如此一來，則與韓愈「不平則鳴」有相通之處：作家享有充分自由以抒發個人情感思慮，抨擊社會醜惡現象。（註一五）綜言之，他的文道合一，有別於柳開，他重道而不輕文、重理而不輕辭，主張文學反映社會生活，而不主張「由於心以出於內」，倒與韓愈的「文以明道」相似。（註一六）

二、爲文易道易曉

有關古文的寫作方法，王禹偁繼承韓愈「文從字順」「不師今不師古不師難不師易不師多不師少唯師是爾」（〈答劉正夫書〉《昌黎先生集》卷一八）的傳統，在語言形式方面，強調易道易曉，要求文章寫得通順流暢明晰準確。〈答張扶書〉云：

信哉不得已而爲之也！既不得已而爲之，又欲乎句之難道邪？又欲乎義之難曉邪？今爲文而捨六經，又何法焉？若第取《書》之所謂「弔由靈」，《易》之所謂「朋盍簪」者，模其語而謂之古，亦文之弊也。近世爲古文之主者，韓吏部而已。吾觀吏部之文，未始句之難道也，未始義之難曉也。其間稱樊宗師之文必出於己不襲蹈前人一言一句；又稱薛逢爲文，以不同俗爲主。然樊、薛之文、不行於世：吏部之文，其六籍共盡。此蓋吏部誨人不倦，進二子以勸學者。故吏部曰：「吾不師今，不師古，不師難，不師易，不師多，不師少，惟師是爾。」今子年少志專，雅識古道，又其文不背經旨，甚可嘉也。如能遠師六經，近師吏部，使句之易道，義之易曉，又輔之以學，助之以氣，吾將見子以文顯於時也。

文章既爲傳道明心而作，文辭本身乃「不得已而爲之」，既爲「不得已而爲之」大可不必追求「句之難道」「義之難曉」，因而易讀易解是至爲必要的；王禹偁要求、「句之易道義之易曉」形式恰當地爲內容服務。在他困貶黃州之時，張扶攜文致書，向他請教爲文之道，禹偁「爲子力讀十數章，茫然難得其句，昧然難見其義」，於是專書討論爲文難易的問題，強調文章應發揚經籍及韓柳散文中「易道」「易曉」的傳統。所謂「易道」是就文句而言，要通順流暢；「易曉」是就文義而言，要明晰準確。（註一七）至於如何做到易道易曉呢？王禹偁以爲要以六經爲法，只因「易道」「易曉」是六經的傳統，他批評時人背棄「六經」，只取《尚書·盤庚》中「弔由靈」和《周易·豫·九四爻辭》中「明盍簪之類的語句加以模仿，恰好是文章之弊。因此他主張爲文要做到如韓愈所說：「吾不師今，不師古，不師難，不師易，不師多，不師少，惟師是爾」「師其意而不師其辭」，此處的「是」即指六經，以六經爲標準，正因其明白易曉。他也同時指出所謂「句之易道義之易曉」絕非淺近通俗，而是要「輔之以學助之以氣」即要求以豐富的學識和充沛的氣勢來輔助基本觀念的表達，使文章充實而有力。爲了說明此一道理，王禹偁舉了正反兩個例子：韓愈與樊宗師、薛逢。韓愈文從字順，著作「與六籍共盡」；樊、薛爲文難道難曉，終將「不行於世」。樊宗師爲文「必出於己，不蹈襲前人一言一句」；薛逢「以不同俗爲主」實乃「吏部誨人不倦，進二子以勸學者」並非韓愈贊成艱奧務奇。因此王禹偁以爲在方向的確立上，除了遠師六經之外，更要近師吏部，二次覆答張扶書中，他教導張扶：「近世爲古文之主者韓吏部而已」，又說：「子著書立言，師吏部之集可矣。」（〈再答張扶書〉《小畜集》卷一八）如此反覆致意，可見韓愈在他心中的地位。韓愈之外他也推崇柳宗元，〈送孫何序〉云：「皆師戴六經，排斥百氏，落落然眞韓柳之徒也」（《小畜集》卷十七），主要也是因爲柳文的易道易曉。王禹偁也在創作上實踐「文從字順」「易道易曉」的主張，他的諸多作品，如：〈唐河店嫗傳〉、〈錄海人書〉、〈答張扶書〉、〈再答張符書〉、〈送孫何序〉等都是典型的「文從字順」「易道易曉之作」。爲了進一步說明易道易曉的重要，〈再答張扶書〉云：

> 子之所謂揚雄以文比天地之不當，使人而易度易測者，僕以爲揚雄自大之辭也，而非格言也，不可取而爲法矣。夫天地易簡者也，測天者知剛健不息，而行四時；而測地者知含弘光大，而生萬物；天地畢矣，何難測度哉？若較其尋尺廣袤，而後謂之盡，則天地乃一器也，安得言其廣大乎？且揚雄之〈太玄〉，準《易》也。《易》之道，聖人演之，賢人注之，列於六經，縣爲學科，其義甚明而可曉也。揚雄之〈太玄〉，既不用於當時不行於後代，謂雄死已來，世無文王、周、孔，則信然矣，謂雄之文過於伏羲，吾不信也。僕謂揚雄之〈太玄〉，乃空文爾，今子欲舉進士，而以文比〈太玄〉，僕未之聞也。子又謂六經之文，語艱而義奧者十二三，易道易曉者十七八，其艱奧者，非故爲之語，當然矣。今子之文則不然，凡三十篇，語皆迂而艱也，義皆昧而奧也，豈子之文也，過於六

籍邪？（《小畜集》卷一八）

張扶往往拿揚雄之爲文來爲自己辯護，王禹偁嚴正駁斥，認爲揚雄「文比天地不當使人易度易測」之說爲自大之辭，不可取而爲法；至於艱深難懂的太玄則爲空文，更不可學，「既不同於當時，又不行於後代」。當張扶提出六經之文也有艱奧之語，再爲自己行文之難道難曉辯護之時，王禹偁則指出「其難奧者，非故爲之語，當然矣。」意思是六經的寫作在著作年代的確易道易曉，但傳至後世，由於時代的前進、語言的變化，逐漸形成語艱義奧。這些分析，頗有獨到之處，在破除以「語艱義奧」爲高古的錯誤觀念是相當有力的。在此同時，王禹偁提出一個「擇」的問題，一個如何全面、完整、準確地理解、領會精神實質，及如何批判、繼承古人遺產這一個普遍性的問題。（註一八）

「易道易曉」換言之即「辭簡理正」之義。王禹偁每每引之以爲批評的準則，如：〈答鄭褒書〉謂鄭褒之文「辭甚簡，理甚正，雖數千百言，無一字冗長，眞得古人述作之旨耳。」（《小畜集》卷一八）：〈答黃宗旦第二書〉評黃宗旦之文「辭理雅正讀之忘疲」「義盡而語簡」。（《小畜集》卷一八）對「篤學嗜古，爲文必本經義」的孫何、丁謂，則以韓、柳比其人，以「六經」比其文，贈詩贊賞不已，所謂：「二百年來文不振，直從韓

柳到孫丁。如今便可令修史，二子文章似六經」。（《涑水紀聞》卷二）

三、駢散分工

王禹偁在批判駢儷文風，號召文學韓柳的同時，並不一概排斥駢文，反而提出駢散分工的理論。〈再答張扶書〉云：

> 今吏部自是者，而著之於集矣；自慚者，棄之無遺矣。僕獨意〈祭裴少卿文〉在焉，其略云：「儋石之儲，不供於私室，方丈之食，每盛於賓筵。」此必吏部自慚，而當時人好之者也。今之世亦然也。子著書立言，師吏部之集可矣；應事作俗，取〈祭裴文〉可矣；夫何惑焉。

王禹偁在此明確地爲古文駢文分工，以爲：「著書立言」用古文，「應事作俗」用駢文。所謂「應事作俗」指的是應試或職業需要：在此場合可以使用駢文，以免與世相忤。從此古文家學習駢文以「應事作俗」，也就成爲常事，反倒有利於古文作者隊伍的擴大，從而發展古文以「著書立言」。駢散分工論，似是折衷，但卻順應了文學發展的趨勢；宋代文章駢散二途相互影響，各自發展，二者都取得了突出的成就。王禹偁做過不少平易樸素的駢文，可謂四六高手，宋太宗曾說他「文章獨步當世」（司馬先《涑水紀聞》卷二）；高晦叟《珍席放談》卷下也說他「表啓精緻」「比句尤微婉」。他個人在行文時也經常適當的運用儷詞偶句，如〈張扶書〉一文在說明六經之文並非難道難曉的時候，所舉的例子都是偶句：如書之「德日新，萬邦惟懷；志自滿，九族乃離。」；禮之「衣冠中，動作愼，大讓如慢，小讓如僞」；樂之「鼓無當於五聲，五聲不得不和；水無當於五色，五色不得不彰」；易之「乾道成男坤道成女」等。可見王禹偁雖然反對牽於聲病、拘於對偶，但並非一概排斥儷詞偶句。

綜上所述，王禹偁的文論和其他古文運動的倡導者有所不同，至少不像他們那樣的宣傳文統與道德。（註一九）傳道明心，對宋初古文運動有重要的指導意義；易道易曉，比柳開的「非在辭澀言苦」前進了一步，不僅糾正古文陣營的內部偏差，對形成宋代散文通俗流暢的風格，提高散文的表現力，起了相當重大的作用；駢散分工則順應文學發展的趨勢，擴大古文作者隊伍。王禹偁的文論，爲宋初古文運動作出卓越的貢獻，而他在創作實踐上，也確能貫徹自己的主張，作品不儘有較強的思想性，語言也平易近人，更重要的是觸及較爲廣闊的社會內容。如〈待漏院記〉一文，形式似散非散，似駢非駢，節奏明快，與內容所要表達的嫉惡如仇、慕善若渴的情感十分契合。又如知名的《黃州新建小竹樓記》兼持駢散，文學語言的抒情性、音樂性十分豐富。（註二〇）對宋代古文的影響來說，是歐陽修、曾鞏一派的先導，為二人所繼承而發揚，古文乃步入正途。（註二一）

第三節　田錫

田錫（九四〇——一〇〇三），字表聖，嘉州洪雅（今四川洪雅）人。太平興國三年（九七八年）進士，累官諫議大夫，史館修撰，遇事敢言，不避權貴，慕魏徵、李抗之爲人，歷事兩朝，始終以諫諍爲己任。著有《咸平集》三十卷，《宋史》二九三有傳。

田錫文論在當時獨樹一幟，與宋初古文運動鼓吹者有所不同；他與古文家胡旦同出於宋白門下，而與王禹偁結爲摯友，兩人交誼深厚，文學思想頗爲接近，其文論如下：

一、文章任性而發

田錫與宋初古文運動鼓吹者之不同，在於他並不要求文章反映儒家道統，而是主張任性而發。〈貽宋小著書〉云：

稟於天而工拙者，性也；感於物而馳騖者，情也。研繫詞之大旨，極中庸之微言，道者任運用而自然者也，若使援毫之際，屬思之時，以情合於性，任其方圓而寓理，亦猶微風動水，了無定文，太虛浮雲，莫有常態，則文章之有生氣也，不亦宜哉。比乎丹青布彩，錦繡成文，雖藻縟相宣，而明麗可愛，若與春景似畫，韶光艷陽，百卉青蒼，千華妖冶，疑有神鬼潛得主張，爲元化之杼機，見昊天之工巧，斯亦不知其所以然而然也。則丹青爲妖，無陽和之活景，錦繡曰麗，無造化之眞態……故謂桂因地而生，不因地而辛；蘭因春而茂，不因春而馨。……得非物性自然哉！（《咸平集》卷二）

本篇乃田錫闡述自己以天地自然之物性，觀乎文章所獲得的啓迪。天源於道，性源於天，情爲人對事物之感受；性情有別，文章自異，因而他主張文學創作應隨天地萬物之運用而得其性：「任其方圓而寓理，亦猶微風動水，了無定文，太虛浮雲，莫有常態」。否則，刻意為文，文章將失去生氣、眞實與生命力。田錫談「道」也談「性情」，意味著道體就在於心體之中，但他顯然沒有像柳開用道德理性來規定心體，而是用道家「任運用而自然」的觀點來解釋心體。「任運用」是指性情的自由發抒，「了無定文」「莫有常態」則是心靈活動不受干擾、不受限制的狀態。他這種「任性而發」的創作主張，蘇洵、蘇軾皆受其啓迪與影響。（註二二）

二、博採衆長轉益多師出入群賢隨其所歸

在文學繼承及文學師法上，田錫主張博採衆長轉益多師，出入群賢隨其所歸。〈貽宋小著書〉又云：

> 錫以是觀吏部之高深，柳外郎之精博；微之長於制誥，樂天善於歌謠；牛僧孺辨論是非，陸宣公條奏利害；李白、杜甫之豪健，張謂、呂溫之雅麗。錫既拙陋，皆不能宗尙其一焉，但爲詩爲文，爲銘爲誦，爲箴爲贊，爲賦爲歌，氤氳吻合，心與言會，任其或類於韓，或肖於柳，或依稀於元、白、或彷彿於李、杜、或淺

緩促數，或飛動抑揚，但卷舒一意於洪蒙，出入眾賢之閫閾，隨其所歸矣，使物象不能桎梏於我性，文彩不能拘限於天具，然後絕筆而觀，澄神以思，不知文有我歟？我有文歟？

物各有其性，人亦各有其長，文章既是任性而發，只要能申其所長，自能卓然成家，因此，田錫主張在文學遺產的繼承上博採眾長、轉益多師、不囿於一家；在創作道路的選擇上，出入群賢，隨其所歸，走自己的路。田錫以爲在韓愈、柳宗元、元稹、白居易、牛僧孺、陸贄、李白、杜甫、張謂、呂溫諸家之間「不能宗尚其一」，廣泛地、多面向、多角度地吸取養料，反對以物象、道統、文統桎梏自然；前輩諸家只要能爲我所學習借鑒，一概不拒，因而他突破宋初古文家「文學韓柳」的僵限，說出「任其或類於韓，或肖於柳，或依稀於元、白，或彷彿於李、杜」的通達之見。此外他還強調作品的素樸自然風格，作家要以「意」「神」爲主，不能滯著於物象，也不能沈溺於文采，要二者相融，臻於「不知文有我歟，我有文歟」的藝術境界。（註二三）

三、文道並重

田錫即使強調「以情合於性」「以性合於道」的物性自然觀，但基本上他絕無否定或貶抑儒家道統的意思。〈貽陳季和書〉云：

夫人之有文，經緯大道，得其道則持政于教化，失其道則忘返于靡漫。孟軻荀卿，得大道者也，其文雅正，其理淵奥。厥後揚雄秉筆，乃撰法言，馬卿同時，徒有麗藻。迺來文士，頌美箴闕，銘功贊圖，皆文之常態也。（《咸平集》卷二）

此處講文以明道，他認為文章的作用是「經緯大道」，應當「雅正」；但他不把文學限制在宗經的狹窄範圍，他更重視文采，在肯定經緯大道為文之常態之餘，仍不忘為文學創作辯解，說文學創作是文之變，〈貽宋小著書〉云：

若豪氣逸揚，逸詞飛動，聲律不能拘於步驟，鬼神不能祕其幽深，放為狂歌，目為古風，此所謂文之變也。李太白天賦俊才，豪俠悟道，觀其樂府，得非專變於文歟？樂天有〈長恨歌〉、〈霓裳曲〉……大儒端士，誰敢非之！何以明其然也？世稱韓退之、柳子厚萌一意、措一詞，苟非美頌時政，則必激揚教義。……然李賀作歌，二公嗟賞，豈非艷歌不害於正理，而專變於斯文哉。

由此得知，他和宋初古文運動倡導者，事事以文統道統為準繩者，顯然有別：他分明區別了文學作品和論著文章的差異性。因而他主張文道並重。〈答何士宗書〉云：

余欲以六經爲寰區，以史籍爲藩翰，聚諸子爲職方之貢，疏衆集爲雲夢之遊，然後左屬忠信之櫜鞬，右執文章之鞭弭，以與韓、柳、元、白周旋於中原。（《咸平集》卷三）

在在表示文以道爲心但也不廢文采的觀點，經史子集、忠信文章俱全「以與韓、柳、元、白周旋於中原」，由此可見田錫是從藝術角度來談道和道統，有助於克服從道德修養角度來談道和道統所易產生的理性偏見。（註二四）。

綜上所述，田錫文論，在當時的歷史情況下，確是相當進步的主張，他上與韓柳相通，爲後來的大家如蘇洵、蘇軾接受，他所指引的文學道路是正確的，只可惜他對唐末五代以來的文弊缺乏必要批判，對文體改革的重視度也不夠，故論者以爲，他仍屬宋初過渡性的批評家。（註二五）

第四節　穆修

穆修（九七九——一〇三二），字伯長，鄆州汶陽（今山東汶上）人，後遷居蔡州（今河南汝南）。眞宗大中祥符二年（一〇〇九年）進士，一生潦倒，歷任泰州司理參軍，池州參軍，潁州、蔡州文學參軍等職。有《河南穆公集》三卷傳世，《宋史》卷四四二有傳。

穆修爲北宋古文運動重要人物之一，主張古文應當闡揚仁義忠正之道，推重並學習韓愈、柳宗元之文，反對輕浮、華靡文風。他改變柳開「以古道興起」之古文模式，爲古文運動找到一個正確道路，經過兩三代人的努力，終於扭轉了古文運動的頹局。其文論如下：

一、文在道外以古文爲主

作爲古文家，穆修反對晚唐以來的形式主義文風，因而他也講「道」。〈答喬適書〉云：

蓋古道息絕不行，於時已久。今世士子習尚淺近，非章句聲偶之辭，不置耳目，浮軌濫轍，相跡而奔，靡有異塗焉！其間獨敢以古文語者，則與語怪者同也。眾又排詆之，罪毀之，不目以爲迂，則指以爲惑，謂之背時遠名，闊於富貴；先進則莫有譽之者，同儕則莫有附之者，其人茍無自知之名，守之不以固，持之不以堅，則莫不懼而疑，悔而思，忽焉且復去此而即彼矣。噫！仁義中正之士，豈獨多出於古而鮮出於今哉！亦由時風眾勢驅遷溺染之，使不得從乎道也。（《河南穆公集》卷一）

他倡復古道，反對時文習尚，正是針對綺麗文風而發，有別於柳開的文道合一，他主張文在道外。〈答喬適書〉又云：

夫學乎古者，所以爲道；學乎今者，所以爲名。道者，仁義之謂也；名者，爵祿之謂也。然則行道者有以兼乎名，守名者無以兼乎道。何者？行乎道者雖固有窮達云耳，然而達於上者則爲賢公卿，窮於下也則爲令君子；其在上則禮成乎君而治加乎人，其在下則順悅乎親而勤修乎身。窮也達也，皆本乎善稱焉。務乎名者亦固有窮達云耳，而皆反於是也。

他指出學古文與學今文之差異，在於一爲道、一爲名。所謂道，講的是儒家倫理規範，與仁義同義，是士大夫立身修事的規矩、從政治國的準則，而總歸於善。他把儒家之道和古文結合起來，認爲當時的今文徒爲干祿而已。〈靜勝亭記〉云：

夫靜之閫，仁人之所以居心焉，在心而靜，則可以勝視聽思慮之邪。邪斯勝，心乃誠，心誠性明而君子之心畢矣。（《河南穆公集》卷二）

穆修在此直接將「道」的本體歸結到心性誠明上來。穆修並不重道，道之於文章，穆修只視之爲思想根柢，目的在把文章寫好，而非如柳開的「載道」、「垂教」。「文在道外」與「文以明道」的主張相近，無疑的是對柳開的一重要修正。（註二六）

二、文尙韓柳

文在道外，重點落在古文，以古文爲主，自然對韓愈、柳宗元有較高的推崇。〈唐柳先生集後序〉云：

唐之文章，初未去周、隋、五代之氣，中間稱得李、杜，其才始用爲勝，而號雄歌詩，道未極渾備至。韓、柳氏起，然後能大吐古人之文，其言與仁義相華實而不雜。如韓〈元和聖德〉、〈平淮西〉，柳〈雅章〉之類，皆辭嚴義密，制述如經，能崒然聳唐德於盛漢之表。（《河南穆公集》卷二）

穆修主張文學韓、柳，因爲韓、柳的文章能繼承儒家經典，並可啓法後昆。在他眼裡，韓、柳不過是「大肚古人之文，其言與仁義相華實而不雜」的古文家，而非如柳開在〈昌黎集後序〉所云之「其要在於發聖人之道」「與夫子之旨無有異趣者」之聖賢，因此穆修以二十餘年時間，搜集、校訂、整理、雕印韓柳文集，不僅對二家文集的保存、整理、流布及地位的提高有所助益，而且爲人們學習韓、柳，提供了殷實的基礎與利便的條件，並指引了發展古文的必由之路。他對二家的推崇溢於言表，〈唐柳先生集後序〉又云：

> 予少嗜觀二家之文，常病柳不全見於世，出人間者，殘落才百餘篇。韓則雖目其全，至所缺墜，亡字失句，獨於集家爲甚。志欲補其正而傳之，多從好事訪善本，前後累數十，得所長，輒加注竄。遇行四方遠道，或他書不暇持，獨齎韓以自隨，幸會人所寶有，就假取正。凡用力於斯，已蹈二紀外，文始幾定。久惟柳之道，疑其未克光明於時，何故伏眞文而不大耀也？求索之莫獲，則既已矣於懷。不圖晚節，遂見其書，聯爲八九大編。夔州前序其首。以卷別者凡四十有五，眞配韓之鉅文歟！書字甚樸，不類今跡，蓋往昔之藏書也。從考覽之，或卒

卷莫迎其誤脫，有一二廢字，由其陳故劘滅，讀無甚害，更資研證就眞耳。因按其舊，錄爲別本，與隴西李之才參讀累月，詳而後止。嗚呼！天厚予者多矣，始而饜我以韓，既而飫我以柳，謂天不吾厚，豈不誣也哉！世之學者，如不志於古則已；苟志於古，則踐立言之域，舍二先生而不由，雖曰能之，非余所敢知也。

時人多揚韓抑柳，穆修認爲柳足以配韓柳宗元文集是「眞配韓之鉅文」，糾正了柳開以來的偏見；對柳宗元的重視反映穆修重道之外兼重文采之意，同時也體現了他以古文爲主的精神。

穆修文論，主張文在道外以古文爲主，即使他的思想具有道學傾向，但在實踐上，他不將創作與學術混爲一談。在古文運動上，他以古文爲主的道路，在革新中起了首倡作用。而且他文尚韓柳將二家文集雕板推廣，使人得據以倡導古文改革今文，在當時駢文風行之際，確爲特立獨行之舉；對宋初文學革新有不可磨滅的功績，也開後世如歐陽修、朱子從事類似工作之先河。（註二七）

第五節　石介

石介（一〇〇五——一〇四五）字守道，一字公操，兗州奉符（今山東泰安東南）人。曾躬耕徂徠山下，講校《易經》，世稱徂徠先生。仁宗天聖八年中進士，官太子中允、通判濮州等職。有《徂徠石先生文集》二十卷，《正誼堂全書》有《石守道先生集》分上下卷。《宋史》卷四三二有傳。

石介爲人耿直，關心時政，敢說敢爲，不避禍患，是最早起來反對西崑體的重要人物。他看到當時文士，競尚西崑，浮薄相扇，脫離現實，粉碎太平，遂予以猛烈攻擊，對宋初古文運動有廓清道路之功。其文論如下：

一、反對華靡文風

石介的時代，以楊億等人爲代表的西崑體佔文壇主流地位，時人競尚浮華，一時泛濫，石介對此文體感到深惡痛絕，視爲反常。〈上趙先生書〉云：

> 今之爲文，．其主者不過句讀妍巧，對偶的當而已，極美者不過事實繁多，聲律調諧而已，雕鏤篆刻傷其本，浮華緣飾喪其眞。（《徂徠石先生文集》卷三）

〈贈張績禹功〉云：

吾宋興國來，文人如櫛比……卒能霸斯文，河東柳開氏。嗟吁河東沒，斯文乃屯否。汩汩三十年，淫哇滿人耳。（《徂徠石先生文集》卷二）

〈寄明復熙道〉云：

四五十年來，斯文何屯蹇。雅正遂雕缺，浮薄競相扇。在上無宗主，淫哇千萬變。後生益纂組，少年事雕篆。仁義僅消亡，聖經亦離散。其徒日已多，天下過大半。路塞不可闢，其於楊墨患。辭之使廓如，才比孟子淺。患大恐不救，有時淚如霰。（《徂徠石先生文集》卷三）

駢文風行到「天下過大半」的程度，石介在憂心如焚之際，竟然為此下淚。於是寫作〈怪說〉三篇，向西崑派宣戰，號召同志共同極力排斥淫巧文風。上篇闢佛老，中篇則專門批判楊億：

昔楊翰林欲以文章為宗於天下，憂天下未盡信己之道，於是盲天下人目，聾天下人耳，使天下人目盲，不見有周公、孔子、孟軻、揚雄、文中子、韓吏部之道；使天下人耳聾，不聞有周公、孔子、孟軻、揚雄、文中子、韓吏部之道。俟周公、孔子、孟軻、揚雄、文中子、韓吏部之道滅，乃發其盲，開其聾，使天下唯見己之道，唯聞己之道，莫知有他。今天下有楊億之道四十年矣。今人欲反盲天下人目，聾天下人耳，使天下人目盲，不見有楊億之道；使天下人耳聾，不聞有楊億之道。俟楊億道滅，乃發其盲，開其聾，使目唯見周公、孔子、孟軻、揚雄、文中子、韓吏部之道，耳唯聞周公、孔子、孟軻、揚雄、文中子、韓吏部之道。……今楊億窮妍極態，綴風月，弄花草，淫巧侈麗，浮華纂組，刓鎪聖人之經，破碎聖人之言，離析聖人之意，蠹傷聖人之道，使天下人不爲《書》之典、謨、禹貢、洪範，《詩》之雅、頌，《春秋》之經，〈易〉之繇、爻、十翼，而爲楊億之窮妍極態，綴風月，弄花草，淫巧侈麗，浮華纂組，其爲怪大矣！

石介從道學觀點出發，把堯、舜、禹、湯、文武之道與周公、孔子、孟軻、揚雄、王通、韓愈之道連成一線，以聖人之道來對抗楊億，否定楊億。針對楊億等人「窮妍極態，綴風月，弄花草」的侈麗淫巧，嚴厲批判。〈怪說〉下篇又云：

夫堯、舜、禹、湯、文王、武王、周、孔之道，萬世常行不可易之道也。佛、老以妖妄怪誕之教壞亂之，楊億以淫巧浮僞之言破碎之，吾以攻乎壞亂破碎我聖人之道者，吾非攻佛老與楊億也。吾學聖人之道，有攻我聖人之道者，吾不可不反攻彼也。盜入主人家，奴尚爲主人拔戈持矛以逐盜，反爲盜所擊而至於死且不避，……亦云忠於主而已矣，不知其他也。吾亦有死而已，雖萬億千人之衆，又安能懼我也。（《徂徠石先生文集》卷三）

他指責楊億的作品，內容空泛、文風頹靡，只能聾盲人們的耳目，無益世用，字裡行間充滿著憤激之情，也宣示著與此逆流堅持搏鬥的決心。這類言論，在《徂徠石先生文集》中俯拾即是，〈上蔡副樞書〉中則具體指出其弊端：

今夫文者，以風雲爲之體，花木爲之象，辭華爲之質，韻句爲之數，聲律爲之本，雕鏤爲之飾，組繡爲之美，浮淺爲之容，華丹爲之明，對偶爲之綱，鄭、衛爲之聲，……而化日以薄，風日以淫，俗日以僻，此其爲今之時弊也。（《狙徠石先生文集》卷一三）

大抵批判西崑體，以風雲花木爲體象，追求對偶、聲律之美的形式主義傾向，這種描繪與批評，對西崑體無疑是正確的；但他舉之與「破碎聖人之言，離析聖人之意，蠹傷聖人之道」聯繫起來，則十分不利於文學的發展。（註二八）

二、文道合一

石介對西崑體的嚴斥，反映了他的文道觀，在這一方面，他近於柳開，而有了發展，成爲理學家文論的先聲。依據〈怪說〉中的論調，石介反對西崑體的眞正原因，主要是爲了衛道，然則石介的道究竟爲何？〈上蔡副樞書〉又云：

> 故兩儀文之體也，三綱文之象也，五常文之質也……燦然其君臣之道也，昭然其父子之義也，和然其夫婦之順也，尊卑有法，上下有紀，貴賤不亂，內外不瀆，風俗歸厚，人倫既正，而王道成矣。

綜合以上兩篇文獻，〈怪說〉中強調「周公、孔子、孟軻、揚雄、文中子、韓吏部之道」；〈上蔡副樞書〉強調「君臣之道」「父子之義」「夫婦之順」，可見石介的道仍不脫儒家道統、三綱五常、道德教化刑政。因此，石介以爲文章寫作必須符合儒家經典且有利於政教。〈上趙先生書〉云：

> 必本於教化仁義，根於禮義刑政，而後爲之辭。大者驅引帝皇王之道，施於國家，教於人民，以佐神靈，以侵蟲魚；次者正有度、敘百官、和陰陽、平四時、

以舒暢元化、緝安四方。（《徂徠石先生文集》卷一二）

由上可見，不管是仁義也好，倫理道德也罷，石介所論都在儒家的道德範圍，且歸本於政教。綜觀石介的一生，每以儒家的道統自任，自負承繼韓愈的精神，但他顯然誤解韓愈的意思，韓愈主張文以明道，提出由堯、舜、禹、湯、文、武、周公、孔子、孟軻以來的道統，同時也提出由屈原、司馬遷、司馬相如、揚雄、陳子昂以來的文統。石介卻把文統、道統視爲兩位一體，道統之外無文統，文統只能在道統中體現，文要以道爲本，爲治教政令所用，除了孔孟等幾部儒家經典之外，其他文學作品皆在排斥之列；所以〈怪說〉中提到《詩經》的時候，只提雅頌，甚至分舉周頌、魯頌而不提國風，這種宗經復古的主張，嚴重侵削文學地位，使文學淪爲道德服務的工具。（註二九）

三、文本諸識爲文一焉於聖人之道

石介的文道合一，也同時反映在他的創作論及批評論上，他提出「一焉於聖人之道」的主張。當時人請敎他古文作法時，在〈送龔鼎臣序〉一文中他如是答道：

夫與天地生者性也，與性生者誠也，與誠生者識也。性厚則誠明矣，誠明則識粹矣，識粹則文典以正矣；然則文本諸識矣。聖人不思而得，識之至也；賢人思之而至，識之淺也。詩、易、書、禮、春秋言而爲中，動而爲法，不思而得也；孟、荀、楊、文中子、吏部勉而爲中，制而爲法，思之而至也。至者，至於中也，至於法也；至於中，至於法，則至於孔子也；至於孔子而爲極矣。……將學爲文，厚乃性，明乃誠，粹乃識，確乎不可移也，嚴乎不可嘩也，直乎不可屈也，一焉於聖人之道，妖惑邪亂之氣無隙而入焉，於斯文也，其庶幾矣。（《徂徠石先生文集》卷一八）

石介說識源於誠，誠源於性；文由識生文本諸識，所謂識指的是識聖人之道；六經爲聖人傳道的典籍，簡言之，即古文的產生不過是天生聖哲創造奇蹟的紀錄（註三〇），因此他以爲「一焉於聖人之道」便可以寫好文章；爲文之道應「始宗於聖人，終要於聖人，如日行有道，月行有次」（〈與張秀才書〉徂徠文集卷一六），所謂聖人指的是誰呢？〈尊韓〉云：

道始於伏羲氏，而成終於孔子。道已成終矣，不生聖人可也。故自孔子來二千餘年矣，不生聖人，若孟軻氏、揚雄氏、王通氏、韓愈氏，祖述孔子而師尊之，其智足以爲賢。孔子後，道屢廢塞，闢於孟子，而大明於吏部。道已大明矣，不生賢人可也。故自吏部來三百有餘年矣，不生賢人。若柳仲塗、孫漢公、張晦之、賈公疎，祖述吏部而師尊之，其志實降。噫！伏羲氏、神農氏、黃帝氏、少昊氏、顓頊氏、高辛氏、虞舜氏、禹、湯、文、武、周公、孔子者，十有四聖人，孔子爲聖人之至。噫！孟軻氏、荀況氏、揚雄氏、王通氏、韓愈氏，五賢人，吏部爲賢人之至。不知更幾千萬億年，復有孔子，不知更幾千百數年，復有吏部。孔子之《易》《春秋》，自聖人來未有也；吏部〈原道〉、〈原人〉、〈原毀〉、〈行難〉、〈禹問〉、〈佛骨表〉、〈諍臣論〉，自諸子以來未有也。嗚呼至矣！

（《正誼堂全書本》《石守道先生集》卷下）

此處明確指出，孔子以上的是聖人，孔子以下的是賢人。文本諸識，似乎注意到客觀事物的認識，但由上可見，其實與柳開「文本於心」並無不同，就是加強封建道德以爲作文之本。（註三一）他以爲只要有「道」便可寫作古文，也因此他認爲好文章即是「化成之文」，在〈上蔡副樞書〉又云：

見其文十篇，皆化成之文也。若夫言帝王之道，則有〈道論〉；明性命之理，稱仁義之貴，則有〈壽顏論〉，……達聖人之時，廣夫子之道，則有〈夫子得時辨〉。

在此他極力向蔡副樞（齊）推薦王建中，說他的文章都是化成之文，可見化成之文，即柳開教化百姓的政理文，談不上任何文學價值。

石介文論在戰勝西崑文弊，確有功績，但他以弊對弊，文道合一，完全否完文的價值；而他所理解的「文」之含義又十分空泛，有關古文的題材領域：教化仁義禮樂刑政，也比他的前輩柳開更狹隘，並不包括文學藝術在內，大體相當於文化之文。把儒家禮教和文學等同爲一，對文學持否定態度，抹煞文學審美特徵，在文學批評史上造成不良影響，成了理學家文論的先聲。（註三二）他這種濃厚的宗派主義情緒在古文理論上的反映，也只能誘導古文自我鎖錮迅速老化，再次把古文引人歧途。（註三三）西崑體退出歷史舞台，但在石介主持太學期間，卻也產生了另一種食古不化、怪僻難懂的「太學體」，除辭澀言苦外，立論偏頗內容乖謬，較諸西崑體僅就語言形式的怪僻，有過之而無不及，更令人不敢恭維。（註三四）

此一時期，反對西崑體，提倡詩文改革的，尙有：趙湘、孫復、尹洙、范仲淹、宋祁等。趙湘主張文必須以孔子的政治、道德教條爲本，主要用意是以孔孟之道束縛文學創作，比柳開更接近後來理學家文論。（註三五）孫復也和柳開、穆修一樣，是儒家道統的極力鼓吹者，並大力推尊韓愈，主張文以致用強調文道合一；孫復的「文」就是聖人的「經」或者是後人佐佑名教、夾輔聖人的「文」；「經」「文」都同歸於道，「文」「道」的關係，是「用」與「本」的開係，他的文學觀是典型的文道一元論，十足表現重道輕文的傾向。（註三六）尹洙，在其文集中，並無系統文論，他對古文運動的貢獻，主要是文章體制的革新，深爲歐陽修所敬服的主要是他的文章簡明有法；在〈答鄧州通判韓宗彥寺丞書〉（《河南先生文集》卷一一）一文中自謂其文「皆有爲而成，非立意如古文章之爲也」，意即其文皆得之於事功，並非「立意」爲文，爲作古文而故意古其文，可見他仍是主張文章當經世致用。（註三七）范仲淹也無文論專著，但爲了配合他的政治革新，在詩文寫作上也提出一些相應主張，他重視文章與社會風尚的聯繫，極力反對文章柔靡、詞多纖穠的惡劣文風，文尚宗經；雖不脫儒家窠臼，但其目的仍在爲政治改革服務，對於抵制西崑派形式主義，仍是有其積極意義。（註三八）宋祁的文學觀主要見於《新唐書・文藝傳序》和〈韓愈傳贊〉等著述中，他大力推崇韓愈，提倡師法韓愈之文，認爲韓愈「排逐百家」「法度森嚴」「完然爲一王法」（〈新唐書文藝傳序〉），此議雖未盡當，但對掃蕩西崑體形式主義文風，仍深具意義。（註三九）

附　註

註　一：梁道理，〈試論宋代古文運動中的兩條路線〉，《陝西師大學報（哲社版）》一九八四年第一期，頁四七。

註　二：祝尚書，《北宋古文運動發展史》（成都：巴蜀書社，一九九五年），頁三〇。

註　三：同註一，頁四八。

註　四：同註二，頁二四。

註　五：郭紹虞，《中國歷代文論選（中）》（台北：木鐸，民六六年），頁三。

註　六：王延梯，《宋初文風與王禹偁的文學觀》，《文史哲》一九八七年第四期，頁二六～二九。

註　七：同註二，頁二六。

註　八：同註一，頁四九。

註　九：同註八。

註一〇：同註一，頁五〇。

註一一：劉大杰，《中國文學批評史》（台北：文匯堂，民七五年），頁一九。

註一二：同註六。

註一三：羅瑩，〈王禹偁與北宋初期的詩文革新〉，《瀋陽師範學院學報（社會科學版）》，二〇〇二年第三期，頁三四～三六。

註一四：張毅，《宋代文學思想史》（北京：中華書局，一九九五年），頁四〇～四一。

註一五：同註二，頁六四。

註一六：蔡鍾翔、成復旺、黃保眞合著，《中國文學理論史㈡》（北京：北京出版社，一九九一年），頁二九九。

註一七：同註二，頁八〇～八一。

註一八：同註一，頁五三。

註一九：敏澤，《中國文學理論批評史》（吉林：吉林教育出版社，一九九一年），頁五四八。
註二〇：同註一三。
註二一：同註五，頁九。
註二二：同註一四，頁三九。
註二三：同註二，頁九一。
註二四：同註二二。
註二五：同註二，頁九二。
註二六：同註二，頁一一二。
註二七：何寄澎，《北宋的古文運動》（台北：幼獅，民八一年），頁一八二。
註二八：同註一九，頁五五六。
註二九：同註一六，頁三一三。
註三〇：同註一，頁一三三。
註三一：同註一六，頁三一三。
註三二：張少康、劉三富合著，《中國文學理論批評史（下）》（北京：北京大學出版社，一九九五年），頁四。

註三三：同註一，頁一三〇。

註三四：同註二，頁一三六。

註三五：同註一六，頁二九九。

註三六：同註二，頁一四二。

註三七：同註二，頁一二一。

註三八：趙則誠、張連弟、華萬忱主編，《中國古代文學理論辭典》（吉林：吉林文史出版社，一九八五年），頁六八～六九。

註三九：同註三八，頁六九。

第四章　北宋中期之文論

北宋中期，是指從仁宗慶曆間到神宗熙寧初的三、四十年。這個階段，以歐陽修爲領導的古文運動深入發展，理論與創作同時並舉，嚴重打擊西崑體。而同一階段的蘇舜欽爲古文運動的支持者，詩文兼長，其文論不多，但較精闢，具有一定的影響。稍晚於歐陽修的周敦頤、二程，承繼北宋前期文道合一的觀念，沿著不同方向深入發展，要把文學變爲闡發心性義理的工具。

第一節　歐陽修

歐陽修（一〇〇七——一〇七二），字永叔，號醉翁，晚年又號六一居士，廬陵（今江西吉安市）人。宋天聖八年（一〇三一年）舉進士，初授西京留守推官，後任館閣校勘轉右正言。與宋祁等人共修《新唐書》，又自著《新五代史》。嘉祐六年（一〇六一年），由樞密副使轉參知政事，後又相繼任刑、兵兩部尙書。熙寧四年（一〇七一年）六月，以觀文殿學士、太子少師致仕，歸居穎州西湖，次年閏七月二十三日逝世，享年六十六，諡文忠，有《歐陽文忠公文集》一百五十三卷，《宋史》卷三一九有傳。

歐陽修是北宋著名的文學家、史學家、政治家，也是古文運動的傑出領袖。他繼承唐代古文運動的傳統，吸取宋初先驅者的成就，把古文運動推向高峰，在理論和創作上都取得了較大的成就，影響十分深遠。其文論如下：

一、文道並重：道勝文至文與道俱

文與道，始終是唐、宋文學理論的基本問題。對此，歐陽修發表了頗爲精闢的見解，他同韓、柳一樣，首先強調道的主導作同。在〈答祖擇之書〉中他說：

> 道純則充於中者實，中充實則發爲文者輝光，施於世者果致。（《歐陽文忠公文集》卷四七）

他以爲作家思想修養深厚，作品就會自然顯出光彩，發揮有效的社會作用。（註一）在

〈答吳充秀才書〉中他更明確提出「道勝者文不難而自至」的主張：

夫學者，未始不爲道，而至者鮮焉。非道之於人遠也，學者有所溺焉爾。蓋文之爲言，難工而可喜，易悅而自足。世之學者，往往溺之，一有工焉，則曰，吾學足矣，甚者至棄百事不關於心，曰，吾文士也，職於文而已。此其所以至之鮮也。昔孔子老而歸魯，六經之作，數年之頃爾。然讀《易》者如無《春秋》，讀《書》者如無《詩》，何其用功少而至於至也。聖人之文，雖不可及，然大抵道勝者文不難而自至也。故孟子皇皇不暇著書，荀卿蓋亦晚而有作。若子雲、仲淹方勉焉以模言語，此道未足而強言者也。後之惑者，徒見前世之文傳，以爲學者文而已，故愈力愈勤而愈不至。此足下所謂終日不出於軒序，不能縱横高下皆如意者，道未足也。若道之充焉，雖行乎天地入於淵泉，無不之也。（《歐陽文忠公文集》卷四七）

歐陽修在此提到了道與文的關係，先道而後文，充道以爲文；且在此前提之下，文道並重。爲了說明此一觀點，他舉出了正、反雙方的例證。正面例子，如：孔子、孟子、荀子，皆以行道爲主，不暇爲文，即使爲文，也在晚年儒道深厚之後。而一般人常以文士自居，溺於文字，忽視現實，終日不出軒序，自滿於文章辭藻的工麗而言不及物，自然「愈力愈勤而愈不至」；歐陽修以爲這些人不能至道與不能爲文的根本原因，歸結爲溺於文，並列舉其表現有二：其一，文章稍工，便不再學道，自稱「吾學足矣」，其二是走上脫離現實的道路「棄百事不關於心」，認爲是專職文士，只寫文章即可。因此，在反面例證，他舉出了揚雄與王通，像揚雄模擬《易》有《太玄》，模擬《論語》有《法言》；王通模擬《春秋》有《元經》（已佚），模擬《論語》有《中說》，雖爲強調道統者所贊美，但在歐陽修眼裡，他們的著作都是「道未足而強言」的產品，僅僅是儒道概念的轉述、古人言語的模擬而已，徒具形骸不能算作至文，欲去此弊，唯先涵養其道，因此他強調「大抵道勝者，文不難而自至」。「道勝者文不難而自至」來源於《論語‧憲問》「有德者必有言」的古訓，其主旨在於從文人修養角度來講文學才能的提高、作品藝術感染力的獲得。（註二）而歐陽修所講的道，主要也是儒家傳統之道，但他所強調的不在倫理綱常，而在現實政治和社會生活中的「百事」，即生活閱歷。〈與張秀才第二書〉比較集中地表達他對道的理解，他如是寫道：

……述三皇太古之道，舍近取遠，務高言而鮮事實，此少過也。君子之於學也務爲道，爲道必求知古。知古明道，而後履之以身，施之於事，而又見於文章而發之，以信後世。其道，周公、孔子、孟軻之徒常履而行之者是也；其文章，則六經所載至今而取信者是也。其道易知而可法，其言易明而可行。及誕者言之，乃以混蒙虛無爲道，洪荒廣略爲古，其道難法，其言難行。孔子之言道曰「道不遠人」。言《中庸》曰：「率性之謂道。」……凡此所謂道者，乃聖人之道也，此履之於身，施之於事而可得者也，豈如誕者之言者耶？堯、禹之《書》乃曰「若稽古」……仲尼曰：「吾好古，敏以求之者。」，凡此所謂「古」者，其事乃君臣、上下、禮樂、刑法之事，又豈如誕者之言也？如孔子之聖且勤，而弗道其前者，豈不能邪，蓋以其漸遠而難彰，不可以信後世也。今生於孔子之絕後，而反欲求堯、舜之已前，世所謂務高言而鮮事實者也。……《書》之言豈不高邪？然其事不過於親九族，平百姓，憂水患，問臣下誰可任，以女妻舜，及祀山川，見諸侯，齊律度，謹權衡，使臣下誅放四罪而已。孔子之後，惟孟軻最知道，然其言不過於教人樹桑麻，畜雞豚，以謂養生送死爲王道之本。夫二〈典〉之文，豈不爲文？孟軻之言道，豈不爲道？而其事乃世人之甚易知而近者，蓋切於事實而

> 已。今學者不深本之，乃樂誕者之言，思混沌於古初，以無形爲至道者，無有高下遠近。……宜少下其高而近其遠，以及乎中，則庶幾至矣。（《歐陽文忠公文集》卷六六）

歐陽修認爲古代聖賢之所以不朽，是因爲他們學道而能「履之以身，施之於事，而又見之於文章而發之」，即或不能，但道的內容應該是合乎現實需要，而非玄虛言論。文中他批評了那些脫離實際侈談所謂古道的人：「舍近取遠」「務高言而鮮事實」；就是指他們那種缺乏事實根據脫離實際的高談闊論。然而什麼是道？他說：「其道，周公、孔子、孟軻之徒常履而行之者是也」——具體言之，即《尚書》所載：「親九族，平百姓，憂水患，問臣下誰可任，以女妻舜，及祀山川，見諸侯，齊律度，謹權衡，使臣下誅放四罪而已。」；或《孟子》：「教人樹桑麻，畜雞豚，以謂養生送死爲王道之本」，故「易知而可法」。由此可見，所謂古道，並非誕者所言之混蒙虛無洪荒廣略，說穿了只是古代君臣、上下、禮樂、刑政之事；他所關心的百事，就是現實生活中的君臣、上下、禮樂、刑政之事。歐陽修的道，依現代術語來說，就是國家日常的政治、經濟、外交、文化活動及其法規條令（註三）；「道勝」並不只是對儒家古道的學習和研究，更重要的是如何用他去解決現實問題。（註四）歐陽修注重世間百事，注重道的實踐；文章應是實踐道的表現，而只有基於這種實踐的文章才能信於後世。如此一來，就淡化了儒家倫理道德說教，而豐富、擴充了道的現實內涵、貼近了實際、具備了實踐的可行性。統言之，歐陽修的「道」不同於理學家的性命天理，與古文字的「道統派」也顯然有別。雖然二者的道，皆指儒家之道、聖人之道，但是「道統派」古文家的「道統」，指的是「三皇太古之道」，有濃厚的神秘色彩，將古文運動變成道統崇拜運動，使之嚴重脫離社會實際，因而不可避免地遭到挫折。歐陽修明確指出「古道」就是周、孔、孟時代的「百事」，易明、可法而且可行，有崇尚實際強調致用，與現實政治緊緊密聯的一面；爲作家指明聯繫現實的創作道路。

另外，歐陽修對「道」的解釋，較好地說明了文學創作「源泉」的問題，既以「百事」爲「道」，所謂「文與道俱」，創作的源頭在「百事」，作家應當不溺於文，身體力行，關心百事，眞實地反映現實，如此一來，文學便恢復了發展生機。歐陽修把「道」與「百事」聯繫起來，更具有進步意義。〈與黃校書論文書〉中，對此有進一步的闡述：

見其弊而識其所以革之者，才識兼通，然後其文博辯而深切，中於時病而不爲空言。蓋見其弊，必見其所以弊之因，若賈生論秦之失而推古養太子之禮，此可謂知其本矣。然近世應科目文辭，求若此者蓋寡。（《歐陽文忠公文集》卷五七）

歐陽修進一步要求作家才識兼通，關心時政，寫出博辯深切的作品，既要切中時病，還要突顯病因。他肯定賈誼〈過秦論〉〈治安策〉之切中時弊，對當時取科第、擅名聲、誇榮當世、背離現實的作品，十分鄙視，強調文章必須在思想深度上下功夫。〈讀李翺文〉也十分明晰的反映他對文學內容的要求：

凡昔翺一時人有道而能文者，莫若韓愈。愈嘗有賦矣，不過羨二鳥之光榮，歎一飽之無時爾。此其心使光榮而飽，則不復云矣。若翺獨不然！其賦曰，「衆囂而雜處兮，咸歎老而嗟卑；視予心之不然兮，慮行道之猶非。」又怪神堯以一旅取天下，後世子孫能以天下取河北，以爲憂。嗚呼！使當時君子皆易其歎老嗟卑之心爲翺所憂之心，則唐之天下，豈有亂與亡哉！然翺幸不生今時，見今之事，則其憂又甚矣。奈何今之人不憂也！余行天下，見人多矣，脫有一人能如翺憂者，又皆賤遠，與翺無異。其餘光榮而飽者，一聞憂世之言，不以爲狂人，則以爲病痴子，不怒則笑之矣。嗚呼！在位而不肯自憂，又禁他人使皆不得憂，可嘆也

夫！（《歐陽文忠公文集》卷六六）

歐陽修以爲文學創作必須走出狹隘的文人圈子，而與整個社會榮衰、國家興亡聯繫起來，反對僅爲一己之歎老嗟卑，發洩私人牢騷；通過韓愈〈感二鳥賦〉及李翺〈幽懷賦〉的比較，他緩緩道出對韓愈專寫個人得失的批判與不滿，對李翺憂時慮世的豪情，則賦予很高的評價。在歐陽修看來，韓愈是爲個人失意而感歎，一旦願望獲得滿足之後，便不再有此感歎，李翺則不然，他的《幽懷賦》對人們出於個人動機的「歎老嗟卑」提出批評，爲國家不能統一的社會現實擔憂，其所考慮的重點在於「行道」。歐陽修認爲如果時人皆能效法李翺以國事爲憂，以行道爲首，唐朝便不致由亂而亡。歐陽修對李翺還有「恨翺不生於今，不得與之交；又恨不得生翺時，與翺上下其論也」的敬佩之情。由此可見，在文道關係上，歐陽修的全面主張。「道勝者文不難而自至」並非重道輕文，而是先道後文，重道又重文（註五），並不等同理學家「有德者必有言」之把「言」看作是「道」的必然產物。歐陽修除了重視內容之外，也很注重形式技巧〈代人上王樞密求先集序書〉云：

君子之所學也，言以載事而文以飾言，事信言文乃能表見於後世。……甚矣，言之難行也。事信矣，須文；文至矣，又繫其所恃之大小，以見其行遠不遠也，……故其言之所載言大且文，則其傳也彰；言之所載者不文而又小，則其傳也不彰。（《歐陽文忠公文集》卷四八）

在此歐陽修雖專論碑誌文的寫作原則，但也適用於其他文類；想要流傳後世的作品，「事信」、「言文」、「所恃之大小」三者缺一不可。「事信」指的是所載之事必須眞實可信，不能違背事情眞象，即要求秉公直書，不虛美，不隱惡，要求的是事件的眞實性及人物評價的客觀性。「所恃之大小」講的是作品所載之事意義的大小，要求記大節，舉其要者，反對繁縟和事無巨細一概入文；此二者屬於作品的「內容」；「言文」強調爲文的剪裁法則和語言風格，指的是語言有文采，富於審美特性，必須有法有則，此屬於作品的「形式」。可見歐陽修不僅重視文章的思想內容，也重視文辭技巧的表達力；歐陽修重道不輕文的觀點，糾正了柳開、石介等人混同「文」、「道」的理論缺陷，也和韓柳文道觀一脈相承。（註六）

二、表現手法：簡而有法、言簡意深

歐陽修主張爲文應簡而有法，做到言簡意深。〈尹師魯墓誌銘〉（《歐陽文忠公文集》卷二八）中他稱讚尹洙「爲文簡而有法」，他本身也將「簡有而法」奉爲寫作圭臬，尹洙死後他所寫的墓誌銘，文字即十分精簡，不苟用一字，不多用一字，熔裁謹嚴；此舉引來時人指責，對此，歐陽修作〈論尹師魯墓誌〉詳爲解說：

〈誌〉言：「天下之人，識與不識，皆知師魯文學議論材能。」則文學之長，議論之高，材能之美，不言可知。又恐太略，故條析其事，再述於後。述其文，則曰：「簡而有法」。此一句，在孔子六經，惟《春秋》可當之。其他經非孔子自作文章，故雖有法，而不簡也。修於師魯之文不薄矣。而世之無識者，不考文之輕重，但責言之多少，云師魯文章不合秖著一句道了。既述其文，則又述其學曰：「通知古今」，此語若必求其可當者，惟孔、孟也。既述其學，則又述其論議云：「是是非非，務盡其道理，不苟止而妄隨。」亦非孟子不可當此語。既述其議論，則又述其材能，備言：師魯歷貶，自兵興便在陝西，尤深知西事，未及施爲而元昊臣，師魯得罪。使天下之人，盡知師魯材能。……《春秋》之義，痛之益至，則其辭益深，「子般卒」是也。詩人之意，責之愈切，則其言愈緩，

〈君子偕老〉是也。不必號天叫屈，然後爲師魯稱冤也，……師魯之〈誌〉，用意特深而語簡，蓋爲師魯文簡而意深。……死者有知，必受此文，所以慰吾亡友爾，豈恤小子輩哉！（《歐陽文忠公文集》卷七三）

文中具體論述了自己的寫作原則及命筆同意。歐陽修認爲文章選材必須突出重點，立言要有分寸，論斷必須精確明晰，題材處理尚簡略而不貴繁縟。尹洙可記的事很多，無法一齊羅列，因而「舉其要者一兩事以取信」，記師魯爲文時，只用「簡而有法」一句，此處即解釋雖僅此一句，但評價甚高，已將師魯之文與春秋相提並論。記師魯之學時，只有「通知古今」一句，但等於把師魯之學與孔孟相提並論。記師魯之論議時，只有「是是非非，務盡其道理，不苟止而妄隨」，但語言精簡寓意特深，已把師魯之論議與孟子相提並論。對於那些「不考文之輕重，但責言之多少」之人，歐陽修斥責他們是無議之人。因而，在行文措詞方面，歐陽修要求：「文簡而意深」，「簡」是有剪裁；深不是艱深，而是含蓄，有言外之意，耐人尋繹。（註七）〈試筆〉（《歐陽文忠公文集》卷二八）一文歐陽修曾言：「妙說精言不以多爲貴」；對於時人常論所謂「書不盡言言不盡意」，他則說：「作者之匠心正在於書不盡言之煩而盡其要，言不盡意之委曲而盡其理」。〈與杜訢論祁公墓誌書〉（《歐陽文忠公文集》卷六九）中總結自己寫作經驗說：「修文字簡略，止記大節，期於久遠」「能有意於傳久，則須紀大而略小」。——重視表現手法的簡而有法、言簡意深，可見一斑。

三、語言風格：平淡自然

在語言風格上，歐陽修主張平淡自然，反對模擬，反對古奥，有意改變北宋初年的文風。在這方面，歐陽修將平淡（平易、簡易）與自然合爲一談。（註八）事實上二者也互爲表裡，〈古詩獲麟贈姚闢先輩〉云：

春秋二百年，文約義甚夷。一從聖人沒，學者自爲師，崢嶸衆家說，平地生險巇。相沿益迂怪，各鬥出新奇，爾來千餘歲，舉世不知迷。悼哉聖人經，照耀萬世疑，自從蒙衆說，日月遭蔽虧。常患無氣力，掃除浮雲披，還其自然光，萬物皆見之。……正途趨簡易，愼勿事崎嶇。（《歐陽文忠公文集》卷四）

聖人泯沒之後，文風漸靡，迂怪相沿，新奇各鬥，舉世皆迷，因而他主張「還其自然光」「正途趨簡易」愼勿再以崎嶇爲事。在《與張秀才第二書》中他突出「道易知」「言易明」

的古文審美特徵，提倡爲文宜平易曉暢、文從字順。曾鞏〈與王介甫第一書〉曾轉述歐陽修對王安石文章的意見：

歐公更欲足下少開廓其文，勿用造語及模擬前人。……歐云：孟、韓文雖高，不必似之也，取其自然耳。（《元豐類稿》卷一六）

歐陽修從學習借鑑的角度，強調「取其自然」，所謂「取其自然」，就是不受任何形式的束縛，遣詞造句應有鮮明的時代特色，不能人云亦云、忸怩作態。（註九）然而自然不可勉強而行「須待自然之至」，〈與澠池徐宰無黨〉云：

所寄近著尤佳……他日更自精擇，少去其繁，則峻潔矣。然不必勉強；勉強簡節之，則不流暢。須待自然之至，其如常宜在心也。（《歐陽文忠公文集》卷七）

自然非勉強可致，必日積月累的琢磨，始能精粹簡潔，臻於自然之境。質是之故，對於怪僻的文風，模擬的語言頗有微詞。〈答吳充秀才書〉評揚雄爲「勉焉以模言語」；〈唐樊宗師絳守居園池記跋尾〉中評樊宗師爲「元和之際，文章之盛極矣，其怪至於如此！」（《歐陽文忠公文集》卷五一）；〈絳守居園池記〉中更表達了對詰屈聱牙、古奧怪僻文風的不滿：「嘗聞紹述絳守居，偶來覽登周四隅。異哉樊子悖可吁，心欲獨出無古初。窮荒搜幽入有無，一語詰曲百盤迂。孰去已知不剿襲，句斷欲學〈盤庚〉書。荒煙古木蔚遺墟，我來嗟祇得其餘。柏槐端壯偉丈夫，蒼顏鬱鬱老不枯。靚容新麗一何姝，清池翠蓋擁紅蕖。胡髯虎搏豈足道，記錄細碎何區區。虙氏八卦畫何圖，禹湯皋陶暨唐虞。豈不古奧萬世模，嫉世姣巧習卑汙。以奇矯薄駭群愚，用此猶得追韓徒。我思其人爲躊躇，作詩聊謔爲坐娛。」（《歐陽文忠公文集》卷四）；充分顯示他對散文語言風格平淡自然的審美追求。

　　他個人爲文更以自然平易見長，蘇洵〈上歐陽內翰第一書〉評其文曰：「容與閑易，無艱難勞苦之態」（《嘉祐集》卷一一）；《四朝國史》本傳亦曰：「爲文天材自然，豐約中度。……其言簡而明，信而通，引物連類，折之於至理，以服人心。超然獨騖，衆莫能及，故天下翕然師尊之。」在他爲朝廷舉才時，他更以此相要求，神宗實錄的歐陽修傳中，如是記載：「文士以新奇相向，文體大壞，修深革其弊，前以怪僻在高第者，黜之幾盡，務求平淡典要。士人初怨怒罵譏，中稍信服，已而文格變而復正。」此處之「平淡典要」與「平淡自然」相呼應；而此種風格對於當時文壇的影響情況，也由此得到一個梗概。（註一〇）

綜上所述，歐陽修的文論主要重點有三：一、提倡文道並重：道勝文至文與道俱；二、重視表現手法的簡而有法、言簡意深；三、追求語言風格的平淡自然。這些主張，雖未有獨特創見，卻對當代及後世產生甚爲重大的影響，不僅爲北宋古文運動建立寫作原則，領導古文運動取得全面勝利，也開啓宋代散文自然順暢的傳統，並由此展開我國古代散文法度完備、持續發展的歷史。（註一一）

第二節　蘇舜欽

蘇舜欽（一〇〇八——一〇四八），字子美，梓州銅山（今江蘇徐州；一說四川中江縣）人，生於開封，景祐元年（一〇三四年）登進士第，曾任集賢校理，因上疏議論時政，力主改革，遭保守派御史中丞王拱臣排斥。被罷黜後，隱居蘇州，建滄浪亭，自號「滄浪翁」，不久憂憤而死。有《蘇學士文集》，《宋史》卷四四二有傳。

蘇舜欽詩文兼長，爲北宋古文運動之重要人物，其文論不多，但較精闢，具有一定影響。他對古文特別執著，在舉世不爲之時，始終自守，提倡古文以救時弊。他認爲文章對社會要有改革作用，〈上孫沖建議書〉中即主張文章要「警時鼓衆」，對現實社會發揮「救失」作用。（《蘇學士文集》卷九）〈上三司副使段公書〉云：

> 竊自念幼喜讀書，弄筆研，稍長則以無聞爲恥。嘗謂人之所以爲人者，言也；言也者，必歸於道義。道與義澤於物而後已，至是則斯爲不朽矣。故每屬文，不敢雕琢以害正。（《蘇學士文集》卷九）

此處明白表達他對文章的看法及爲文的態度。他把「道」與「義」聯繫起來，強調文章的內容要言之有物，而且要經世致用。清人徐淳復在〈蘇子美文集序〉一文中，如是評道：

> 抱經世之學，懷忠君之心，觀其所爲詩文及論時事劄子，雖未見諸實事，然其議論侃侃，慷慨切直，皆有關於社稷生民之故，能言人所不敢言，不可以區區文人才士目之矣。（《蘇學士文集》卷六）

蘇舜欽曾是政治改革的支持者，「抱經世之學，懷忠君之心」關心社稷生民，爲文目的在「澤物」，不以文士自居，因而當杜衍稱贊他所作的〈含元賦〉時，他即鄭重的答道：

諧言短韻，無補於世，不當置之齒牙間，使人傳信，蓋俗浮易扇，染而難回，非惟損明府之雅鑒，實亦墮風化之一節也。（《蘇學士文集》卷一二）

他認爲賦頌，無薄於世，有「墮風化」之弊，因而「不當置之齒牙間使人傳信」。〈上孫沖建議書〉也表達他對賦頌之否定：

昔者道之消，德生焉；德之薄，文生焉；文之弊，詞生焉；詞之削，詭辯生焉。辯之生也害詞，詞之生也害文，文之生也害道德。夫道也者，性也，三皇之治也；德也者，復性者也，二帝之跡也；文者，表而已矣，三代之采物也；詞者，所以董役，秦漢之訓詔也；辯者，華言利口，賊蠹正眞而眩人視聽，若衛之音、魯之縞，所謂晉、唐俗儒之賦頌也。噫！三代之際，救得其宜，故治多焉；三代之後，不知所以救，故亂生焉。……某志此有素，未嘗暴發於流俗前，以召笑悔。……（《蘇學士文集》卷九）

蘇舜欽說「道」是「三皇之治」，德是「二帝之跡」；文、詞、辯，特別是晉、唐賦頌；則是時代遞下、社會喪亂之產物，表面上有貴古賤今之義，事實上是他強調文章的澤物作用，特提倡古文來對抗西崑駢文以補世救弊。（註一二）

總之，蘇舜欽的文論重點在於強調文章的「警時鼓衆」和「救失」「澤物」的功能，主張文學與社會政治聯繫。他是企圖使文學擺脫經典附庸的佼佼者，由於他對古文勤修與堅守，對促進宋代文學的發展起了良好的作用。（註一三）

第三節　周敦頤

周敦頤（一〇一七——一〇七三），字茂叔，原名敦實，避英宗舊諱改，道州營道（今湖南道縣）人，曾任分寧主簿、南軍司理參軍、桂陽令，後爲廣東轉運判官、知南康軍。平生雖然地位不高，在新、舊黨爭中，也沒有較明顯的政治活動，但與舊黨有著密切的關係。晚年築室於廬山蓮花峰下，取營道故居濂溪名之，世稱濂溪先生。著有《太極圖說》、《通書》等，後人輯爲《周子全書》。《宋史》卷四二七有傳。

周敦頤是宋代理學的尊基人，他的文論主要表現在文道關係的論述。

他是宋代理學家中第一個明確提出「文以載道」的人。《通書・文辭》云：

文所以載道也，輪轅飾而人弗庸，徒飾也，況虛車乎？文辭，藝也；道德，實也，篤其實而藝者書之，美則愛，愛則傳焉，賢者得以學而至之，是爲教。故曰：「言之無文，行之不遠。」然不賢者，雖父兄臨之，師保勉之，不學也；強之，不從也。不知務道德而第以文辭爲能者，藝焉而已。噫！弊也久矣。（《通書》第二十八）

周敦頤認爲文章是載道的工具，具有妝飾的作用，他反對不能載道的「徒飾」，因徒飾之文易流於空言，但他的「道」範圍非常狹窄，只剩下了「道德」，所謂「文辭，藝也；道德，實也」；他不否認文章有感染的作用、流傳的力量，但畢竟是附屬的、次要的，他把「不知務道德而第以文辭爲能者」說成「藝焉而已」且視之爲病，其弊已久。周敦頤要求作者在創作前，先做好內面修養工夫的原理論，並主張文的內容應以道德爲主也要適當修辭的方法論，這種對文字的基本要求，極爲妥當，本無偏激迂腐之處。（註一四）但周敦頤要求文章爲道德服務，而他所謂「道德」的具體含義即指心性義理的道德修養，於是文學「哀刑政之苛」「下以風刺上」的功能就喪失了，不僅使文學遠離社會現實，成爲道德說教的工具，同時也抹煞文學獨立的地位和價值。（註一五）因而在他心目中，學文爲不足道，是不值得正人君子去從事的東西，《通書》第三四云：

聖人之道，入乎耳，存乎心，蘊之爲德行，行之爲事實，彼以文辭而已者，陋矣。

只講立德、行事而不講立言，周敦頤所代表的是北宋理學家「重道輕文」的見解。在文、道關係上，理學家主張「文以載道」，古文家主張「明道」、「貫道」「宗經徵聖」、表面看來，似乎無多大差別，實質上卻有原則性的分歧。古文家之「文」，指的是「詞章之學」，對於道，除了宣揚道統方面的意義以外，還要求文章具有充實內容，其終極目的仍在於文。理學家的「道」，指的是身心性命的義理之學，載道之「文」，則僅僅作爲發表思想的簡單工具，其涵義是語言文字的「文」，而非文章之「文」，因此重道輕文，在道與文的程序是先道後文。周敦頤固然並不反對文辭的修飾，重視文道配合，但前提是先有道德修養，而後才可以作文。

總之，周敦頤的文論主要強調「文以載道」的觀念，這種主張對爾後道學家文論的形成與發展，產生很大的影響。在二程進一步提出「作文害道」觀點後，成爲此一集團文學理論的核心，論者以爲，姑不論其功過，光憑這一點，周敦頤在中國文學批評史上的地位，是很不平凡的。（註一六）

第四節　二程

程顥（一〇三二——一〇八五）字伯淳，學者稱大程子或明道先生；程頤（一〇三三——一一〇七）字正叔，一字正道，程顥之弟，學者稱小程子或伊川先生。洛陽（今屬河南）人，世稱二程。二程同受學於周敦頤，也是北宋理學的奠基者。在政治上，都是反對新黨；他們的著作，經後人編爲《河南程氏遺書》及《外書》等。《宋史》卷四二七有傳。

有關文學的見解以程頤爲多，有些語錄已分不淸是程顥還是程頤，故將他們二人文論併在一起述評。

在文道關係上，二程主張道勝於文；而他們的「道」，當然是儒家之道，但因重在德性，故常以德代道，如《二程語錄》卷一一云：

古之學者惟務養性，其他則不學。

又云：

人見六經，便以爲聖人亦作文，不知聖人亦攄發胸中所蘊成文耳，所謂有德必有言也。

他們拈出儒家傳統的「有德者必有言」做為文學論的核心。他們認為「德」，實際上代替了「言」，二程都強調了這一點：

宰我、子貢善為說辭，冉有、閔子、顏淵善言德行，孔子兼之，蓋有德者必有言，而曰我於辭令則不能者，不尚言也。（《外書》卷二）

二程認為孔子兼有「說辭」、「德行」之長，「有德者」必然會有言，若說「我於辭令則不能者」非「不能也」乃「不尚言」也。程頤也說：

孔子曰：「有德者必有言。」何也？和順積於中，英華發於外也。故言則成文，動則成章。（《河南程氏遺書》卷二五）

「有德者必有言」前人是僅就文章內容而言，但程頤卻說連完美的形式也是從完美的道德修養中擴發出來的，只要積德於內，雖不欲為文，其文自發於外。由此可見，他們強調道凌勝於文之一斑。對於文，特別是非「儒者之學」的文，他們基本上是鄙視、排斥的。二程云：

古之學者一，今之學者三，異端不與焉。一曰文章之學，二曰訓詁之學，三曰儒

者之學。欲趨道，舍儒者之學不可。（《河南程氏遺書》卷一八）

又云：

今之學者有三弊：一溺於文章，二牽於訓詁，三惑於異端。苟無此三者，則將何歸，必趨於道矣。（同上）

「古之學者一」中的「一」指的是「儒者之學」，他們把「文章之學」和「儒者之學」加以區分，視「文章之學」與異端同科；以爲達「道」之路，除「儒者之學」，亦即儒家經典之外，別無蹊徑。（註一七）因而提出「爲文害道」的命題：

問：作文害道否？曰：害也，凡爲文章不專意則不工，若專意則志局於此，又安能與天地同其大也？《書》云：「玩物喪物」，爲文亦玩物也。……古之學者，惟務養情性，其他則不學。今爲文者，專務章句，悦人耳目；既務悦人，非俳優而何？曰：古者學爲文否？曰：人見六經，便以謂聖人亦作文，不知聖人只攄發胸中所蘊，自成文耳。所謂「有德者必有言」也。曰：游夏稱文學，何也？曰：游夏亦何嘗秉筆學爲詞章也？且如「觀乎天文以察時變，觀乎人文以化成天下」，此豈詞章之文也？（《河南程氏遺書》卷一八）

〈答朱長文書〉又說：

> 向之云無多爲文章與詩者，非止爲傷心氣也，直以不當輕作爾。聖賢之言，不得已也。蓋有是言則是理明，無是言則天下之理有闕焉。如彼耒耜陶冶之器，一不制，則生人之道有不足矣。聖人之言，雖欲已，得乎？然其包涵盡天下之理，亦甚約也……後之人始執卷則以文章爲先，平生所爲動多於聖人，然有之無所補，無之靡所闕，乃無用之贅言也。不止贅而已，既不得其要，則離眞失正，反害於道必矣。詩之莫盛如唐，唐人善論文莫如韓愈、愈之所稱獨高李、杜，二子之詩存者千篇，皆吾弟所見也，可考可知矣。（《河南程氏遺書》卷一八）

透過以上二段文字，我們得知：二程以爲文章是作者道德、精神境界的表現，其標準在於「理」，違反此一標準之文，叫「無用之贅言」。如此一來作文便是「玩物喪志」是「專務章句」的「害道」之舉；但是作文不專意則不工，專意限於文，就會忘掉天理大義，有害於道。由是他們反對文學中「悅人耳目」之作用，將專務章句之文人視同俳優，地位十分低賤，因而強調學理明道、怡心養性是唯一的儒者之事，文學在某種程度上不能成爲一項獨立的事業。（註一八）他們「文以害道」的主張，大陸學者蔡鍾翔等以爲其反映了兩大重點：其一，否定一般文學家的作文之路；其二，否定一般文學家所作之文。（註一九）二程是否否定一般文學家的作文之路，尚有可議之處，容後再討論。而否定一般文學家之文，究竟要什麼樣之文呢？〈答朱長文書〉云：「苟足下所作皆合於道，足以輔翼聖人，爲教於後，乃聖賢事業，何得爲學之末乎？」所謂「皆合於道」在內容上究竟爲何？《伊川經說》卷三〈詩解〉云：「……夫子刪之得三百篇，皆止於禮義，可以垂世立教，故曰興於詩」。《河南程氏遺書》卷一九云：「如二南之詩及大雅小雅，是當時通上下皆用底詩蓋是修身治家底事。」可見二程子所謂的「道」，強調的是「止於禮義」關係「修身治家底事」。（註二〇）因此，二程即從純粹「道學」的角度，批評韓愈努力學作文章是「倒學」，二程云：

退之晚年爲文，所得處甚多，學本是修德，有德然後有言，退之卻倒學了，因學文日有所至，遂有所得。（《河南程氏遺書》卷一八）

他們認爲韓愈把文道弄顛倒了，應該先有德然後才有言，不是因道而文，而是因文而道；古代聖賢沒有專門學「爲文」也沒有以文學爲專業的。否定韓愈，二程進而對所有唐人，都無好評。程頤云：「詩之盛莫如唐，唐人善論文莫如韓愈，愈之所稱，獨高李、杜，二子之詩，存者千篇，皆吾弟所見也，可考而知矣！苟足下所作，皆合於道，足以輔翼聖人，爲教於後，乃聖賢事業，何得爲學之末乎？」(二程全書本伊川文卷五)程頤認爲唐人之作，都不足以輔翼聖教，只不過是「學之末」，全面否定唐代文學成就，督促後學以聖照事等爲念，重道斥文之心，溢於言表。(註二一)二程「文以害道」的思想，大陸學者多數以爲，和儒家重視社會作用的傳統相違背，充分暴露理學家的偏見，是不合科學、不合實際的。

對於這一部分，台灣學者孟英翰、洪光勳則有不同的看法。孟氏以爲，在二程心目中，文的觀念有二種：一種是玩物喪志之文，一種是通過修養工夫之文，「作文害道」二程所反對的是前者。(註二二)洪氏也以爲二程「作文害道」的主張，正是其文學理想所在，二程子反對的不是文學本身，而是他心目中不以爲然的文學態度，他們反對的是專務章句的「悅人耳目」之作，那種矯揉造作無病呻吟的「俳優之文」。當時文士專務章句追求形式美之風甚盛，終至文勝質弱，所謂「作文害道」，只是力矯歪風的一種強勢表現。(註二三)二氏之看法，頗值參考。依其見解，細繹之，得到如下結論：二程子之文論，是先道後文，先質後文，並非文學否定論。「先道後文」的要旨是先修道，而後文章自然而生。因此，二程並不否定文學的存在。在「有德者必有言」的重道論述之下，表現出文以主用的教化傾向，主張寫合道文章之目的在於發揮教化的影響力與感染力，追求具有公益性、社會性之文。而他們的「文」指的是聖人之文，也因此唯有這些聖人之文發揮實用價值時，爲文之責任才算成就。基此衍申，在方法論上二程「主學」，學習的對象，在人是聖人，在典籍是史書與經書。學習的津塗是「知言」、「蓄德」，如此德配聖人，發爲「貴簡」之文，才是文章之正途。（註二四）

二程以後，他們的弟子如：楊時、游酢都在此一議題上多所闡明和發揮。楊時也反對「專務」辭章，刻意雕琢的作品，主張作文要原道、宗經、微聖。但對提倡「原道」的韓愈，因其先事雕章鏤句，也在擯棄之列。游酢強調作家應先務本，他視文學內涵爲樹之「本根」，文字形式則爲「枝葉」，無本根，則枝葉無從依附，這種先質後文論，與「有德者必有言」同其旨趣。二者之見，大抵不脫老師們的論述範圍。

綜觀北宋諸位理學家之文論，基本上是對文學創作的貶抑，這種論調，在實踐上是行不通的，論者歸納他們的文論犯下三種謬誤：其一，他們突出了重質輕文、重思想輕藝術的片面性，否定文學本身的獨立價值，貶抑文學的地位；其二，在文學觀念上，他們回到古代「文學」和「非文學」的混同狀態，取消文學的美學特徵抹煞「文學」和「非文學」的界限。其三，否定文學的具體性和現實性，把文學變成抽象的理學心性義理的圖解，把文學和現實隔開。（註二五）也有學者指出，理學家如此的文學實用概念，推展極致，演變成在事實上不是文學理論，而是「反理論」。（註二六）

附註

註　一：吳小林，《中國散文美學》（台北：里仁，民八四年），頁一五一。

註　二：劉衍。《從唐宋兩次古文運動看歐陽修革新傳統散文的理論貢獻》。《中國文學研究》一九九八年第十期，頁一八五。

註　三：張少康、劉三富合著，《中國文學理論批評發展史（下）》（北京：北京大學出版社，一九九五年），頁七。

註　四：祝尙書，《北宋古文運動發展史》（成都：巴蜀書社，一九九五年），頁一五八。

註　五：寇養厚，〈歐陽修文道並重的古文理論〉，《文史哲》一九九七年，第三期，頁八七。

註　六：同註一，頁一五五。

註　七：郭紹虞，《中國歷代文論選（中）》（台北：木鐸，民六六年），頁三七。

註　八：張健，《歐陽修之詩文及文學評論》（台北：台灣商務印書館，民六二年），頁八。

註　九：易錦海，〈歐陽修在北宋古文運動中的地位及其貢獻〉，《華中工學院學報》一九八一年第二期，頁一二六。

註一〇：同註八，頁一〇。

註一一：周建國，〈論北宋古文運動中的歐陽修與蘇軾〉，《安慶師院學報社科版》，一九九一年第二期，頁九二。

註一二：同註四，頁一二六。

註一三：王忠禮，〈蘇舜欽文學思想試探〉，《四川師範學報》一九八三年第三期，頁八八。

註一四：洪光勳，〈兩宋道學家文學理論研究〉，國立台灣大學中文研究所，博士論文，八四年六月，頁八六。

註一五：蔡鍾翔、成復旺、黃保眞合著，《中國文學理論史（一）》，（北京：北京出版社，一九九一年），頁三二七。

註一六：同註一四。

註一七：敏澤，《中國文學理論批評史（上）》（吉林：吉林教育出版社，一九九一年），頁五八六。

註一八：同註一五，頁三三五。

註一九：同註一五，頁三三六。

註二〇：同註一九。

註二一：羅立剛，〈宋代「文統」觀論綱〉，《求索》二〇〇一年第一期，頁一〇七～

一一。

註二二：孟英翰，〈北宋理學家的文學理論研究〉，國立台灣大學中國文學研究所，碩士論文，民七八年五月，頁一一四～一一五。

註二三：洪光勳，〈兩宋道學家文學理論研究〉，國立台灣大學中國文學研究所，博士論文，民八四年六月，頁一〇八～一一三。

註二四：同註二二，頁一四一～一五〇。

註二五：同註三，頁三七～三八。

註二六：劉若愚，《中國文學理論》（台北：聯經，民七〇年），頁二四四。

第五章　北宋後期之文論

北宋後期指歐陽修逝世到蘇軾逝世的這段期間，前後大約三十年。古文運動在歐陽修逝世之後，繼起的「歐門弟子」持續努力，終於徹底掃清西崑餘孽，取得輝煌勝利而告終；散文創作碩果纍纍，達到北宋文學的頂峰。這時期代表的批評家有：曾鞏、王安石、蘇洵、蘇軾、蘇轍等。

第一節　曾鞏

曾鞏（一〇一九——一〇八三），字子固，建昌南豐（今江西南豐縣）人，世稱南豐先生。嘉祐二年（一〇五七年）與蘇軾同登進士，後任太平州司法參軍、集賢校理、英宗實錄檢討官等職，後又出爲越州通判，轉齊、襄、洪、福、明、亳等六州太守。元豐三年（一〇八〇年）奉召回朝，任史館修撰；元豐五年（一〇八二年），升爲中書舍人，次年病死於江陵府，著有《元豐類稿》五十卷，另有《續元豐類稿》四十卷，《外集》十卷，宋以後已失傳，《宋史》卷三一九有傳。

曾鞏是唐宋古文八大家之一，論文以經世致用爲其核心，十分重視聖人之道，〈上歐陽學士第一書〉云：

夫世之所謂大賢者，何哉？以其明聖人之心於百世之上，明聖人之心於百世之下。其口講之，身行之，以其餘者，又書存之，三者必相表裏。……夫道之難全也，周公之政不可見，而仲尼生於干戈之間，無時無位，存帝王之法於天下，俾學者有所歸依。仲尼既沒，析辨詭詞，驪駕塞路，觀聖人之道者，宜莫如於孟、荀、揚、韓四君子之書也，舍是醨矣。退之既沒，驟登其域，廣開其辭，使聖人之道復明於世，亦難矣哉！近世學士，飾藻績以誇詡，增刑法以趨嚮，析財利以拘曲者，則有聞矣；仁義禮樂之道，則爲民之師表者，尚不識其所爲。……鞏自成童，聞執事之名，及長得執事之文章，口誦而心記之。觀其根極理要，撥正邪僻，掎挈當世，張皇大中，其深純溫厚，與孟子、韓吏部之書爲相唱和，無半言

片辭踳駁於其間，眞六經之羽翼，道義之祖師也。……（《元豐類稿》卷一五）

曾鞏以爲所謂大聖是能口講、身行、書存「聖人之心」的人；要明「聖人之心」必得觀「聖人之道」；要觀「聖人之道」則須閱讀孟子、荀子、揚雄、韓愈四君子之書。他稱讚歐陽修的文章，與孟子、韓愈之書爲相唱和，是「六經之羽翼，道義之祖師」，因此他主張文章要闡發聖道。由此觀點出發，他以爲一切文章須折衷於聖人，「作者非一」而理不應有二。《新序目錄序》云：

古之治天下者一道德、同風俗，蓋九州之廣，萬民之眾，千歲之遠，其數已明，其習已成之後，所守者一道，所傳者一記而已。故詩之文，歷世數十，作者非一，而其言未嘗不爲終始，化之如此其至也。（《元豐類稿》卷一一）

「道」指的是聖人之道，亦即孔孟之道、二帝三王之治。（註一）〈戰國策目錄序〉云：

夫孔孟之時，去周之初已數百歲，其舊法已亡，舊俗已熄矣。二子乃獨明先王以謂不可改者，豈將強天下之主以後世之不可爲哉，亦將因其所遇之時，所遭之變，而爲當世之法，使不失乎先王之意而已。二帝三王之治，其變固殊，其法固宜，而其爲國家天下之意，本末先後，未嘗不同也。二子之道，如是而已。蓋法

者所以適變也，不必盡同；道者所以立本也。不可不一：此理之不易者也。（《元豐類稿》卷一一）

曾鞏強調天下之事即使變化無窮，但若能掌握內在規律，具備一定理則，仍能「因其所遇之時，所遭之變」成爲可行於當世的治國平天下之「法」。此內在規律曾鞏稱之爲「理」，「理」細繹之須以「合乎先王之意」爲前提，爲二帝三王之治的具體表徵，爲聖人之道的具體實現。在在可見「道」的內涵，即聖人之道、儒家孔孟之道、治國平天下之理；文章不但是明道的手段，而且是踐道的事理，寫作文章最重要的乃在事理，合乎此一內在規律。因而，他便以「聖人之道」爲評文之核心，主張「道」不變，用「道」統一一切。（註二）〈王子直文集序〉一文他批評後代的文章說：

至治之極，教化既成，道德同而風俗一，言理者雖異人殊世，未嘗不盡其指。何則？理當無二也。……自三代教養之法廢，先王之澤熄，學者人人異見，而諸子各自爲家，豈其固相反哉，不當於理，故不能一也。由漢以來，益遠於治，故學者雖有魁奇拔出之材，而其文能馳騁上下、偉麗可喜者甚衆，然是非取舍不當於聖人之意者亦已多矣，故其說未嘗一，而聖人之道未嘗明也。士之生於是時，其

言能當於理者亦可謂難矣。由是觀之，則文章之得失，豈不繫於治亂哉？（《元豐類稿》卷一二）

漢代以來，其文能馳聘上下、偉麗可喜者甚多，只因他們「不當於聖人之意」不明於聖人之意，爲曾鞏所不取，曾鞏在此還強調政治之亂能左右文章之得失的觀念，可見他主張文章應與政治配合，文章應爲政治所用。（註三），強調「一」的思想，其目的在以「聖人之道」統一人心統一文風，以致用爲終極，因此他反對專務詞章，〈答李松書〉云：

足下自稱有憫時病俗之心。信如是，是足下之有志乎道，而予之所愛且畏者也。末曰其發憤而爲詞章，則自謂淺俗而不明，不若其始思之銳也，乃欲以是質於予。夫足下之書，始所云者，欲至乎道也，而所質者則辭也，無乃務其淺，忘其深，當急者反徐之歟？夫道之大歸非他，欲其得諸心，充諸身，擴而被之國家天下而已，非汲汲乎辭也。其所以不已乎辭者，非得已也。（《元豐類稿》卷一六）

此處他教導後學以道爲先，勿汲汲於詞章之經營，可見他並不專務詞章，但也不排斥詞章，〈上歐陽舍人書〉云：

詩、賦、論兼出於他經，世務待子、史而後明，是學者亦無所不習也。（《元豐類稿》卷一五）

先子、史而後詞章，可見他保持了重道而不廢文，重理而不廢辭，但須先道後文、先理後辭的儒家傳統觀點。（註四）因此，曾鞏的興趣主要在於史傳、碑誌、策論一類的應用文，〈寄歐陽舍人書〉中，則明確指出碑誌文具有警勸世人的教化功能：

夫銘誌之著於世，義近於史，而亦有與史異者。蓋史之於善惡無所不書，而銘者蓋古之人有功德材行志義之美者，懼後世之不知，則必銘而見之。或納於廟，或存於墓，一也。苟其人之惡，則於銘乎何有？此其所以與史異也。其辭之作，所以使死者無有所憾，生者得致其嚴。而善人喜於見傳，則勇於自立，惡人無有所紀，則以愧而懼，至於通材達識，我烈師士，嘉言善狀，皆見於篇，則足爲後法警勸之道。非近乎史，其將安近？（《元豐類稿》卷一五）

具體肯定「碑誌」一類的文體，亦具有治國平天下的社會作用。而後來之所以失去此一功能，完全在於「託之非人書之非公與是故也」，作者因人情世故或政治利害之考慮，文字虛美，隱惡，以致於不眞實、不公正。（註五）〈南齊書目錄序〉提到這一類文章的作法，又如是說：

將以是非得失、興壞理亂之故而爲法戒，則必得其所託而後能傳於久，此史之所以作也。然而所託不得其人，則或失其意，或亂其實，或析理之不通，或設辭之不善；故雖有殊功韙德，非常之跡，將闇而不章，鬱而不發；而檮杌嵬瑣，姦回凶慝之形，可幸而掩也。嘗試論之：古之所謂良史者，其明必足以周萬事之理，其道必足以適天下之用，其智必足以通難知之意，其文必足發難顯之情，然後其可得任而稱也。何以知其然也？昔者唐虞有神明之性，有微妙之德，使由之者不能知，知之者不能名，以爲治天下之本。號令之所布，法度之所設，其言至約，其體至備，以爲治天下之具。而爲二典者，推而明之，所記者豈獨其跡也，並與其深微之意而傳之，小大精粗無不盡也，本末先後無不白也。使誦其說者，如出乎其時，求其旨者，如即乎其人。是可不謂明足以周事之理，道足以適天下之用，智足以通難知之意，文足以發難顯之情者乎？則方是之時，豈特任政者皆天下之士哉？蓋執簡操筆而隨者，亦皆聖人之徒也！（《元豐類稿》卷一一）

此處專論史傳文的寫作。曾鞏以爲歷史的寫作，人選很重要，「必得其所記而後能傳於久」，如果所託非人，雖有「殊功韙德非常之跡」也將「闇而不章，鬱而不發」。良史的條件，他以爲：「其明必足以周萬事之理，其道必足以適天下之用，其智必足以通難知之意，其文必足以發難顯之情」；得此良材，才能「使誦其說者，如出乎其時，求其旨者，如即乎其人」，要達此標準，必須是「聖人之徒」，又是能文之士。達此標準的良史，他以爲止有唐堯的史家，唐虞史家之爲文「所記者豈獨其跡也，並與其深微之意而傳之，小大精粗無不盡也，本末先後無不白也」。而兩漢以下之史官通通不合格，就連司馬遷、班固也未全備具。〈南齊書目錄序〉又云：

兩漢以來，爲史者去之遠矣。司馬遷從五帝三王既歿數千載之後，秦火之餘，因散絕殘脫之經，以及傳記百家之說，區區掇拾，以集著其善惡之跡，興廢之端；又創己意以爲本紀，世家、八書、列傳之文，斯亦可謂奇矣。然而蔽害天下之聖法，是非顚倒而采摭謬亂者，亦豈少哉！是豈可不謂明不足以周萬事之理，道不足以適天下之用，智不足以通難知意，文不足以發難顯之情者乎？夫自三代以後，爲史者如遷之文，亦不可不謂儁偉拔出之材，非常之士也。然顧以謂明不足以周萬事之理，道不足以適天下之用，智不足以通難知之意，文不足以發難顯之情者，何哉？蓋聖賢之高致，遷固有不能純達其情而見之於後者矣，故不得已而與之也，遷之得失如此，況其他邪？至於宋、齊、梁、陳、後魏、後周之書，蓋無以議爲也。子顯之於斯文，喜自馳騁，其更改破析刻雕藻繢之變尤多，而其文益下，豈夫材固不可以強而有邪？

曾鞏對於司馬遷、班固的不滿，主要是因爲二人「蔽害天下之聖法，是非顚倒而采摭謬亂」；他說這是由於：「聖賢之高致，遷固有不能純達眞情而見之於後者矣」。這種指責其實是很荒謬的，司馬遷的偉大正在於能從歷史事實出發，在一定程度上突破儒家思想的束縛，曾鞏以儒家正統思想爲批評依據，雖有提高歷史寫作水準的積極作用，卻也難免束縛歷史寫作。（註六）同樣的情形，也發生在對蕭子顯的批評上，蕭子顯文采、筆力、藻繪頗具一格，曾鞏也因強調文能宏道文能貫道的立場，而評其「喜自馳騁」更覺「其文益下」。

曾鞏所論雖是史傳文的寫作原則，也適用於其他文類，特別是傳記文；他的論點爲後來清代古文家的「義法論」開了先路。（註七）或許有人以爲曾鞏沒有肯定史記人物形象這個藝術特點，以致於他的理論延伸的只是立言有體、敘次得法以及文字繁簡等問題，徒然削弱傳記文的藝術性，給後來古文家傳記文的寫作帶來種種限制。（註八）但平心而論這倒不嚴重，因爲他談的是歷史，歷史不是文學，形象性的要求，不是非常必要的；過多的形象反而是有害的，這只能說明他史學意識的自覺性頗強；比較嚴重的是他的文論有束縛歷史寫作的消極作用。（註九）

綜上所述，曾鞏的文論主要強調文能闡道，文貴致用、先道後文、先理後辭的儒家傳統觀點，雖無突出創見，但他從內容與形式上來探討古文寫作的理則，給當代及後世以深刻的啓發，不僅促進古文運動的成功，也爲淸代古文「義法論」提供一定的理論條件。（註一〇）

第二節　王安石

王安石（一〇二一——一〇八六），字介甫，號半山，撫州臨川（今江西臨川）人。宋仁宗慶曆二年（一〇四二年）進士，嘉祐三年（一〇五八年），提點江東刑獄，呈〈上仁宗皇帝言事書〉萬餘言，系統地提出變法革新的政治主張。神宗熙寧間（一〇六六——一〇七七），曾兩次爲相，積極推行新法。因新法觸犯貴族官僚的既得利益，遭到保守勢力的抵制和攻擊，還歸江寧，不再參與政事。元豐八年（一〇八五年）司馬光爲相，將其新法盡行廢除，他憂憤成疾，含恨而死，著有《臨川先生文集》一百卷、《周禮新義》十六卷、《唐百家詩鈔》二十卷等。《宋史》卷三二七有傳。

王安石不僅是一位卓越的政治家、思想家，還是一位傑出的文學家，是唐宋古文八大家之一，一生著作甚豐，影響很大，其文論主張如下：

一、文章務爲有補於世

王安石繼承、發展了儒家思想中「兼濟天下」的一面，及儒家文論中「尚用」的傳統，他以爲文章的根本作用就在經世致用。〈與祖擇之書〉云：

> 治教政令，聖人之所謂文也，書之策，引而被之天下之民，一也。聖人一於道也，蓋心得之；作而爲治教政令也，則有本末先後，權勢制義，而一之於極。其書之策也，則道其然而已矣。（《臨川先生文集》卷七七）

在他看來，「文」與「治教政令」根本是一回事；「文」是「補世」的工具，要「引而被之天下之民」。這個觀念在〈上人書〉中闡述得更爲明晰：

嘗謂文者，禮教治政云爾。其書諸策而傳之人，大體歸然而已。……且所謂文者務爲有補於世而已矣；所謂辭者，猶器之有刻鏤繪畫也。誠如巧且華，不必適用，誠使適用，亦不必巧且華。要之以適用爲本，以刻鏤繪畫爲之容而已。

在此他再次強調，文章就是「禮教治政」，而且明確的把文看作「器」，視之爲政治服務的工具，要求文章應對時世有所補益。換言之，即強調文學作品的宣傳作用、教育作用及製造輿論的作用。（註一一）即使如此，他也說「文貫乎道」，如〈上邵學士書〉云：

非夫至誠發乎天，文貫乎道，仁思義色，表裏相濟者，其孰能至於此哉。（《臨川先生文集》卷七五）

〈答吳孝宗書〉又云：

若子經欲以文辭高世，則世之名能文辭者已無過矣；若欲以明道，則離聖人之經，皆不足以明也。（《臨川先生文集》卷七四）

明確提到「貫道」「明道」，但他所說的道卻和古文家所倡導的道，在內涵及社會功用上，有所不同；也和理學家把文看作直接宣揚道統的工具大異其趣。〈答姚闢書〉云：

夫聖人之術，修其身，治天下國家，在於安危治亂，不在章句名數焉而已。（《臨川先生文集》卷七五）

〈上張太傅書之一〉云：

聞古有堯舜也者，其道大中至正，常行之道也。（《臨川先生文集》卷七七）

可見他之所謂「道」，乃指治國安邦、革弊變俗的政治理想；具有強烈反潮流、反俗儒的色彩，強調道的實用性，突出道的政教作用。（註一二）基於對文章功利的要求，王安石看待一切都以其在政教上的發揮程度爲標準，因此他重視六經、孔、孟、揚雄。〈與祖擇之書〉云：

故書之策而善，引而被之天下之民反不善焉，無矣。二帝三王而被之天下之民而善者也；孔子孟子，書之策而善者也：皆聖人也。易地則皆然。

〈答吳孝宗書〉又云：

自秦漢已來儒者，唯揚雄爲知言，然尚恨有所未盡。今之學士大夫，往往不足於知雄，則其於聖人之經，宜其有所未盡。

孔、孟之下，推揚雄爲第一人，相對之下對於韓、柳則頗有微詞。王安石雖然肯定韓、柳在唐代古文運動的歷史功績，卻反對他們過多地在語言文字上下工夫。〈韓子〉一詩，如是批評韓愈：「紛紛易盡百年身，舉世無人識道眞；力去陳言誇末俗，可憐無補費精神」（《臨川先生文集》卷二）；〈讀柳宗元傳〉（《臨川先生文集》卷七一）不僅指斥柳宗元的參與「永貞革新」是不義，而且對他要求文學應該輔時及物、有利於民的思想，也頗不以爲然。〈上人書〉更公然反對韓柳「徒語人以其辭」，事實上韓、柳並未「徒語人以其辭」，只因爲們沒有把文章同治教政令混爲一談，在王安石看來就成了「徒語人以其辭」了。（註一三）

二、內容爲主形式爲次

基於文章有補於世的要求，王安石非常重視內容。他屢屢痛斥西崑體「章句聲病苟尙文辭」（《臨川先生文集》卷六七〈取材〉）的棄本逐末，對其頹風作了有力批判。〈張刑部詩序〉云：

楊劉以其文詞染當世，學者迷其端原，靡靡然窮日力以摹之，粉墨青朱，顚錯叢龐，無文章黼黻之序，其屬情藉事，不可考據也。（《臨川先生文集》卷六四）

〈上邵學士書〉又云：

某嘗患近世之文，辭弗顧於理，理弗顧於事，以襞積故實爲有學，以雕繪語句爲清新。譬之擷奇花之英，積而玩之，雖光華馨采，鮮縟可愛，求其根柢濟用，則蔑如也。

在此王安石批評西崑體「以襞積故實爲有學，以雕繪語句爲清新」的不良文風，但也具體提出他對內容的要求：辭須顧於理，理須顧於事。但他也不是一味否定形式，在前已述及的〈上人書〉中，他便指出內容爲主，形式爲次的觀念。他把文章的內容和形式的關係，比作器物和其外形的關係。「不適用，非所以爲器也，不爲之容，其亦若是乎？不否也」便是說明「適用爲本」固是第一義；但「以刻鏤繪圖爲之容」仍是有其必要；不過二者之間應有主次關係。「容亦未可已也，勿先之其可也」，即強調形式之美不可偏廢，只要不把他擺在第一位即可。（註一四）但客觀而論，王安石的這種看法符合應用文的實際，對文學作品來說，卻有一定的片面性。主要理由有二，其一，文學的藝術特徵主要在於內容，而不在於形式，它是一種特定事物，而非一般事物之裝飾；其二、藝術的形式是內容賴以表現的憑藉，是必要的。（註一五）王安石的這種觀念無法深入認識文

學的藝術特徵；忽視藝術形式，導致惡性循環；因爲缺乏藝術性的作品，內容也得不到充分表現，社會效果將大爲削弱。（註一六）

綜上所述，王安石的文論核心主要在於經世致用，強調文章應以內容爲主，而內容是有關「禮教治政」「有補於世」能積極發生社會作用的，雖不否定形式，却視之爲次要，必須服務於內容。從政治上看，在積貧積弱的當時，不失爲矯世變俗的卓識，但如此一來把文學僅僅看作是用世的工具，使之等同政令布告、宣傳文字，無視文學自身的特點和規律，有礙文學的正常發展，給後代文學以不利的影響。（註一七）而且，論者也以爲，王安石無視文學的愉悅作用和審美功能，把散文的功利目的和審美作用對立起來，無異是開時代倒車，不僅從韓、柳的散文美學觀倒退，也落後於孔子功利、審美相統一的觀點。（註一八）

第三節　蘇洵

蘇洵（一〇〇九——一〇六六），字明允，號老泉，眉州眉山（今四川眉山縣）

人。少時不喜讀書，二十五歲時始發憤爲學。後在成都府尹張方平的鼓勵下，蘇洵帶二子軾與轍，於嘉祐元年（一〇五六年）到汴京，將所撰之作，獻給當時文壇領袖翰林學士歐陽修，受到歐公的賞識，因而得官。嘉祐五年（一〇六〇年），被任命爲秘書省校書郎，後又任霸州文安縣（今河北文安縣）主簿，奉詔與姚闢同修禮書，寫成《太常因革禮》一百卷，不久病死，追贈光祿寺丞。著作除《太常因革禮》之外，有《嘉祐集》十五卷傳世，《宋史》卷四四三有傳。

蘇洵爲北宋著名的政論家及文學家，主要成就在散文方面，爲文古勁簡質，語言明暢，尤擅長史策、策論一類政論文，博辯宏偉，與其子蘇軾、蘇轍合稱「三蘇」，均列入「唐宋八大家」。其文論如下：

一、文章四用說

蘇洵爲北宋重要之政論家，推崇賈誼、陸贄等經世濟時人物，不尙空談；因而在文章見解上衝破儒家「文以貫道」之樊籬，提出文章四用說。〈史論〉上云：

大凡文之用：事以實之，詞以章之，道以通之，法以檢之，此經史所兼而有之者也。雖然，經以道法勝，史以事詞勝；經不得史無以證其褒貶，史不得經無以酌其輕重；經非一代之實錄，史非萬世之常法，體不相沿，而用實相資焉。夫易、禮、樂、詩、書，言聖人之道與法詳矣，然弗驗之行事，仲尼懼後世以是爲聖人之私言，故因赴告策書以修春秋，旌善而懲惡，此經之道也。猶俱後世以爲己之臆斷，故本周禮以爲凡，此經之法也。至於事則舉其略，詞則務其簡，吾故曰經以道法勝。史則不然，事既曲詳，詞亦誇耀，所謂褒貶論贊之外無幾，吾故曰史以事詞勝。使後人不知史而觀經，則所褒莫見其善狀，所貶弗聞其惡實，故曰經不得史無以證其褒貶。使後人不通經而專史，則稱謂不知所法，懲勸不知所祖，吾故曰史不得經無以酌其輕重。經或從僞赴而書，或隱諱而不書，若此者衆，皆適於教而已，吾故曰經非一代之實錄。史之一紀一世家一傳，其間美惡得失，因不可一二數，則其論贊數十百言之中，安能事爲之褒貶，使天下之人動有所法如春秋哉？吾故曰史非萬世之常法。（《嘉祐集》卷八）

所謂四用即：「事以實之，詞以章之，道以通之，法以檢之」，也就是說，無論經和史都要有事實作根據，都應以適當的文詞來闡明其觀點；以有用於世的道來貫穿全文，並受統一章法的檢驗。蘇洵進一步論述經和史的不同寫法說：「經以道法勝，史以事詞勝；經不得史無以證其褒貶，史不得經無以酌其輕重；經非一代之實錄，史非萬世之常法，體不相沿而用實相資」。經屬理論，故「言聖人之道與法詳」，「至於事則畢其略，詞則務其簡」，所以說：「經以道法勝」。史屬「實錄」，「事既曲詳，詞亦夸耀」，故說：「史以事詞勝」。經載事既只「舉其略」，故非「一代之實錄」；史是「一代之實錄」，所載有可效法及不可效法的，故「非萬世之常法」。（註一九）在〈史論〉下，蘇洵肯定司馬遷的《史記》和班固的《漢書》「雖以事詞勝，然亦兼道與法而有之」，是史書中之最佳者，是文章的最高境界，排斥了一般古文家視經爲文章無上典範的概念，史固然「不得無經」，但經亦「不得無史」；而且優秀的史著兼「道與法而有之」，史的位置雖然並不一定高於經，但至少也是不亞於經的。（註二〇）

正是由於擺脫儒家道統觀念的束縛，對於文章寫作，蘇洵注意到詞章的要求。〈上歐陽內翰第一書〉中他提到自己學習古籍的過程和體會時說：

洵少年不學，生二十五歲，始知讀書，從士君子遊，年既已晚，而又不遂刻意厲行，以古人自期，而視與己同列者，皆不勝己，則遂以爲可矣。其後因益甚，然後取古人之文而讀之，始覺其出言用意與己大異。時復内顧，自思其才，則又似夫不遂止於是而已者。由是盡燒其曩時所爲文數百篇，取論語孟子韓子及其他聖人賢人之文，而兀然端坐，終日以讀之者，七八年矣。方其始也，入其中而惶然，博觀於其外，而駭然以驚；及其久也，讀之益精，而其胸中豁然以明，若人之言固當然者，然猶未敢自出其言也。時既久，胸中之言日益多，不能自制，試出而書之；已而再三讀之，渾渾乎覺其來之易矣，然猶未敢以爲是也。（《嘉祐集》卷一二）

他所反覆咀嚼玩味的是古人之文，《論語》、《孟子》、韓子及其他聖人、賢人之文。並打破道統的觀念，從詞章表現、作家風格作客觀的評價，〈上歐陽內翰第一書〉又云：

執事之文章，天下之人莫不知之。然竊以爲洵之知之特深，愈於天下之人。何者？孟子之文，語約而意盡，不爲巉刻斬截之言，而其峰不可犯。韓子之文，如長江大河，渾浩流轉，魚黿蛟龍，萬怪惶惑，而抑遏蔽掩，不使自露；而人望見其淵然之光，蒼然之色，亦自畏避，不敢追視。執事之文，紆餘委備，往復百折，而條達疏暢，無所間斷；氣盡語極，急言竭論，而容與閑易，無艱難勞苦之態。此三者，皆斷然自爲一家之文也。

蘇洵自恃「知之特深」者，在於他對不同作家的審美感受，全是就文論文，著重比較各家藝術風格及詞章表現；稱許的只是孟、韓、歐陽之文，而不是他們的道；這種重文不重道的文學傾向，反映在創作實踐中，就是重才情、重氣格、重揮灑自如。（註二一）

〈上田樞密書〉云：

曩者見執事於益州，當時之文淺狹可笑，飢寒窮困亂其心，而聲律記問又從而破壞其體，不足觀也。已數年來，退居山野，自分永棄，與世俗日疏闊，得以大肆其力於文章。詩人之優柔，騷人之清深，孟、韓之溫淳，遷、固之雄剛，孫、吳之簡切，投之所向無不如意。（《嘉祐集》卷一二）

這裡所說是他致力文章學習的歷程，不把學文當作學道的副業；學習的範圍，也完全是從文的角度出發，六經之內只取詩，六經之外卻廣取騷、論、史、兵等各類著作。對於這些著作，學習的著眼點也僅僅在於文章，如：「詩人之優柔，騷人之淸深，孟、韓之溫醇，遷、固之雄剛，孫、吳之簡切」等風格方面的特點，偏重文章的藝術特色，而非道統。〈上歐陽內翰第二書〉裡他又提到：「古之以一能稱，以一善書者，愚未嘗敢忽也」「洵一窮布衣，於今世最爲無用，思以一能稱，以一善書而不可得者也」（《嘉祐集》卷一二）他所希求的「一能」「一善」就是作文。（註二二）曾鞏在〈蘇明允哀辭〉一文中說蘇洵的文章是：「雄壯俊偉，若決江河而下」（《元豐類稿》卷四一）；張方平〈文安先生墓表〉亦謂蘇洵文「如天雲之出於山，忽布無方，倏散無餘；如大川之滔滔，東至於海源。」（《樂全集》卷三九）。宋代古文往流暢自然、雄渾豪健的方向轉變，蘇洵的貢獻的確很大。

二、風水相遭自然以成文

離道而論文，蘇洵揭示了文學創作的內在特殊規律，提出風水相遭自然以成文的說法，論述文學創作與靈感的問題。〈仲兄字文甫說〉云：

且兄嘗見夫水之與風乎？油然而行，淵然而留，渟洄汪洋，滿而上浮者，是水也。而風實起之。蓬蓬然而發乎太空，不終日而行乎四方，蕩乎其無形，飄乎其遠來，既往而不知其跡之所存者，是風也，而水實形之。今夫風水之相遭乎大澤之陂也，紆餘委虵，蜿蜒淪漣，安而相推，怒而相凌，舒而如雲，蹙而如鱗，疾而如馳，徐而如佪，揖讓旋辟，相顧而不前，其繁如縠，其亂如霧，紛紜鬱擾，百里若一。汩乎順流至乎滄海之濱，滂薄洶湧，號怒相軋，交橫綢繆，放乎空虛，掉乎無垠，橫流逆折，潰旋傾側，宛轉膠戾，回者如輪，縈者如帶，直者如燧，奔者如焰，跳者如鷺，投者如鯉，殊然異態，而風水之極觀備矣。故曰「風行水上渙」，此亦天下之至文也，然而此二物者，豈有求乎文哉？無意乎相求，不期而相遭，而文生焉。是其爲文也，非水之文也，非風之文也。二物者非能爲文，而不能不爲文也，物之相使而文出於其間也，故此天下之至文也。今夫玉非不溫然美矣，而不得以爲文；刻鏤組繡，非不文矣，而不可與論乎自然；故夫天下之無營而文生之者，唯水與風而已。（《嘉祐集》卷一四）

此處蘇洵用贈言的體裁，闡說文學創作上「非能爲文而不能不爲文」天人湊泊的問題，並強調隨物賦形、天成自得的藝術境界。他說：水和風都不能單獨成文，水本無波「油然而行，淵然而留，渟洄汪洋，滿而上浮」，水波乃因風而起。風本無形「蕩乎其無行，飄乎其遠來，既往而不知其跡之所存」，風跡之存乃因水波才顯現出來。而「風水相遭乎大澤之陂」則「紆餘委蛇，蜿蜒淪漣」「汩乎順流至於滄海之濱」便「滂薄洶湧，號怒相軋」。風水相遭而成的波紋千姿百態：「舒而如雲，蹙而如鱗，疾而如馳，徐而如徊」「其繁如縠，其亂如霧，紛紜鬱擾」「回者如輪，縈者如帶，宜者如燧，奔者如焰，跳者如鷺，投者如鯉」。他用風水相遭自然以成文作比喻，認爲「無意乎相求，不期而相遇，而文生焉」的作品，才是「天下之至文」。水比喻作家思想感情，風比喻激發思想感情的外物，「風水相遭」比喻內心的思想感情受到外物刺激而產生的創作衝動。（註二三）蘇洵強調只有風水相遭「是水也，而風實起之」；「是風也，而水實形之」——亦即靈感際遇時所得到之文，才能極文章之偉觀，否則將如「玉非不溫然美矣，而不得以爲文」；「刻鏤組繡，非不文矣，而不可與論乎自然」刻鏤組繡苦心經營的文章不是不美，但與自然毫無關係。蘇洵的風水相遭說，是既自然而又重文彩的，他所追求的只是「無營而文」既無人工雕琢之痕而又富有文彩。

綜合以上所述，蘇洵的文論主要有二：文章四用說與風水相遭自然以成文。前者經史並論，取消經的獨尊地位，以文章的藝術特色做爲文章善惡的標準，打破儒家傳統既卑薄技藝又強調文爲道用的束縛，也破除理學家道爲本體文爲附庸的偏執，在宋代文論上具有重要意義。後者，揭示文學創作的特殊規律，也指正長期以來文壇創作的錯誤傾向。歷來文論，有人只重視思想、學問的修養，以爲只要胸中充實便可寫出好文章；也有人只重視方法、技巧，以爲只要如此埋頭硬作就可成文，蘇洵「風水相遭」說，恰爲文學創作開闢正確道路。（註二四）北宋文壇，以蘇軾的文論爲最豐富、最系統、最深刻，能眞正深入文學創作的規律本身，但這一切，蘇洵已開其端。（註二五）

第四節　蘇軾

蘇軾（一〇三七——一一〇一），字子瞻，號東坡居士，眉州眉山（今四川眉山縣）人。嘉祐二年（一〇五七年）中進士，六年（一〇六一年）應制舉，入三等。授大理評事，後轉大理寺丞、殿中丞。王安石推行新法，他認爲「造端宏大，民實驚疑；創法新奇，吏皆惶惑」（〈上神宗皇帝書〉），因而被貶出朝。元豐二年（一〇七九年），被彈劾以詩諷刺新法，被捕入獄，史稱「烏臺詩案」，出獄後貶爲黃州團練副使。在新舊黨爭中，仕途屢有升沈，晚年曾先後貶嶺南惠州和海南儋州，遇赦後北歸，卒於常州，追諡文忠，著有《東坡全集》一百五十卷，《宋史》卷三三八有傳。

蘇軾是北宋著名的文學家，詩、詞、散文、繪畫、書法，都有很高造詣。詩與李白、杜甫、韓愈並稱爲「李杜韓蘇」；詞是「豪放派」的開山之祖；文居「唐宋八大家」之一；書法與黃庭堅、米芾、蔡襄齊名，並稱「四大家」；繪畫與同時的著名書家文同一起被稱爲「文湖州派」。（註二六）文論方面，從總結自己的創作體驗出發，提出許多很有見解、可以批判吸收的觀點，理論博大精深、豐富複雜，對當代和後世的文學理論產生廣泛深遠的影響。其文論如下：

一、提倡文章：「不能不爲」「有意而言」「有爲而作」

蘇軾反對空虛無實的形式主義文風，對文學創作他明確主張：文章應「不能不爲」「有意而言」「有爲而作」且是對國家人民有用，重視散文的社會作用。「不能不爲」部分，〈南行前集序〉云：

> 夫昔之爲文者，非能爲之爲工，乃不能不爲之爲工也。山川之有雲霧，草木之有華實，充滿勃鬱，而見於外，夫雖欲無有，其可得耶！自少聞家君之論文，以爲古之聖人有所不能自已而作者。故軾與弟轍爲文至多，而未嘗敢有作文之意。己

亥之歲，侍行適楚，舟中無事，博弈飲酒，非所以爲閨門之歡，而山川之秀美，風俗之朴陋，賢人君子之遺跡，與凡耳目之所接者，雜然有觸於中，而發於詠歎。（《東坡全集》卷五六）

這是蘇軾早年之作，由於來自庭訓，從小寢饋其中，自然成爲奉守不渝的寫作原則。蘇軾以爲，文學創作就像雲興霧起、草長花開，是內裏蘊積的外部表現，是作家才性情感的自然流露，是「有所不能自已而作者」是不能不爲的活動；而文學作品則是作者有所感而發，有所爲而作的結晶。他說，從來的能文之士，都「非能爲之爲工，乃不能不爲之爲工也」，他們依靠的不是文字技術，而是深刻的生活感受和非爲不可的激情。他說他自己「爲文至多，而未嘗敢有作文之意」，所謂作文之意，實即爲作文而作文之意。這個主張，與孔子「有德者必有言」；韓愈「根之茂者其實遂，膏之沃者，其光燁；仁義之人，其言藹如」（〈答李翊書〉《昌黎先生集》卷一六）；歐陽修「道勝者文不難而自至」；蘇洵「風水相遭說」有所淵源，所不同的是蘇軾加以深化與發展，強調文學的本質源自人的自由心靈，是眞感實情的自由表達。（註二七）爲文要有興會靈感，即作者要避免搜索枯腸、向壁虛造，要到胸中富有積蓄，不吐不快時，方可秉筆，也只有如此，才能寫出內容充沛的文章。（註二八）要做到這一點，就得進行社會實踐，接觸外物，感於外物，從山川，風俗、遺跡以及耳目所及的方面深入感受，「雜然有觸於中，而發於詠歎」，才能充實內容，促進衝動而不能不爲。（註二九）

由此，蘇軾引出對文章內容的重視，主張文章須有意而言。葛立方《韻語陽秋》卷三引蘇軾之語云：

儋耳雖數百家之聚，州之人所須，取之市而足，然不可徒得也，必有一物以攝之，然後爲己用；所謂一物者，錢是也。作文亦然，天下之事，散在經子史中，不可徒得，必有一物以攝之，然後爲己用；所謂一物者，意是也。不得錢不足以取物，不得意不可以用事，此作文之要也。

《清波雜誌》云：

作文先有意，則經、史皆爲我用，大抵論文，以意爲主。

〈策論・總叙〉也說：

有意而言，意盡而止，天下之至言也。（《東坡全集》卷五六）

以上的「意」指的都是思想內容，蘇軾以爲創作首先要有思想內容，文章才不會流於空洞無物。什麼樣的思想內容，才合乎標準呢？〈鳧繹先生文集序〉對思想內容提出更爲具體的要求：

昔吾先君……以魯人鳧繹，先生之詩文十餘篇示軾曰：「小子識之，後數十年，天下無復爲斯文者也，先生之詩文，皆有爲而作，精悍確苦，言必中當世之過。鑿鑿乎如五穀必可以療飢，斷斷乎如藥石必可以伐病，其游談以爲高，枝詞以爲觀美者，先生無一言焉。」（《東坡全集》卷五五）

蘇軾援引庭訓來闡述自己的文學見解，稱頌鳧繹的文章能針砭現實，認爲文章應有裨益於社會。所謂「有爲而作」，目的在「有爲」，不在玩弄文字，有思想要表達，不會雜亂無章；有不得已的激情要宣洩，自然能感人。（註三〇）講具體點就是要「言必中當世之過」，要痛砭世疾，切中時弊，也就是說作家應干預生活，正視現實政治，對社會生活中的錯誤弊病不能視若無睹，對不公正不合理的現象要去批評與揭露。（註三一）要求創作對輔國濟民收到如五穀療飢、藥石治病的實用效果。蘇軾此一觀點，遠承杜甫、白居易批判現實的主張，近師其父蘇洵「不爲空言」的見解，與當時道學家純政治功利的文學觀截然有別。（註三二）蘇轍在〈亡兄子瞻端明墓誌銘〉中明言他們兄弟深受家教的影轡：「（軾）少與轍皆師先君，初好賈誼、陸贄書，論古今治亂，不爲空言」（《欒城集》卷二二）蘇軾在〈答王庠書〉也說：「儒者之病，多空言而少實用，賈誼、陸贄之學，殆不傳於世。」（《東坡全集》卷四六），都體現了他有爲而作、文以致用的觀點。

因而在文、道關係上，蘇軾主張文以貫道，但對道的理解，則比較寬泛。〈日喻〉云：

世之言道者，或即其所能見而名之，或莫之見而意之，皆求道之過也。然則道卒不可求歟？蘇子曰：「道可致而不可求。」何謂致？孫武曰：「善戰者致人，不致於人。」孔子曰：「百工居肆以成其事，君子學以致其道。」莫之求而自至，斯以爲致也歟！南方多沒人，日與水居也。——七歲而能涉，十歲而能浮，十五而能沒矣。夫沒者豈苟然哉，必將有得於水之道者。日與水居，則十五而得其道，生不識水，則雖壯見水而畏之。故北方之勇者，問於沒人，而求其所以沒，以其言試之河，未有不溺者也。故凡不學而務道，皆北方之學沒者也。（《東坡全集》卷五七）

蘇軾以爲求道需要踐履，日與水居才能「得於水之道」。只有認識和掌握水的規律，才能在水中自由出沒，即使急流漩渦照樣優游自在。由此看來，蘇軾的「道」，不限於孔孟「事父」、「事君」的政治倫理之道，與道學家侈談的「心理性命」也大相徑庭，而是萬物的客觀規律性。（註三三）他不排斥文章要寄託儒家的傳統之道，但他承認文章可以表達對萬事萬物規律性的認識，文章是眞情實感的表現。在〈答謝民師書〉（《東坡全集》卷四六）中他更認爲文章如「精金美玉」「金玉珠貝」有其自身的藝術價值，因而他雖然強調文章當有助於濟世之用，但也不忽視藝術技巧，〈書李伯時山莊圖後〉一文在講了李伯時「其神與萬物交，其智與百工通」後說：

雖然，有道有藝。有道而不藝，則物雖形於心，不形於手。（《東坡全集》卷六六）

「道」指事物的客觀規律；「藝」即指作品中的藝術技巧。蘇軾以爲，只了解事物的客觀規律而不掌握藝術技巧，就無法眞切地將事物客觀規律反映在作品中，「藝」與「道」是並重的。內容與形式不可偏廢。（註三四）而此種貼近人生，貼近獨特審美體驗，無非是由「立意說」衍化而生。

蘇軾的「立意說」，大陸學者黨聖元則有不同的看法。他認爲，蘇軾的「意」並非在文章的內容與形式的關係方面，而是強調文章的思想和情感的獨創性，兼有弘揚創作主體之個性特點和拓展文章表現的時、空境界之意。其深刻的含義是認爲要擺脫拘束，自由地表現包括審美感覺在內的主體精神，要敢於突破現成的思想模式，充分傳達投射於主體心靈的自然之理。黨氏之見，確能把握北宋文學環境下，蘇軾文學創作、批評論所要指涉的美學精神核心；要求增強文學的主體創造力。（註三五）

二、辭達

蘇軾認爲「辭達」是文學作品的最高要求，作者做到「辭達」就能自由揮灑、自然顯情。在〈答王庠書〉中說：

所示著述、文字皆有古作者風力，大略能道意所欲言者。孔子曰：「辭達而已矣」，辭至於達，足矣，不可以有加矣。

蘇軾的意思是，文辭達到能充分表達思想、準確揭示客觀事物特徵的地步，就是它的最高境界。在〈答謝民師書〉中又說：

孔子曰：「言之不文，行而不遠。」又曰：「辭達而已矣。」夫言止於達意，即疑若不文，是大不然。求物之妙，如繫風捕影，能使是物了然於心者，蓋千萬人而不一遇也，而況能了然於口與手者乎？是之謂辭達。辭至於能達，而文不可勝用矣。

「言之不文行而不遠」「辭達而已矣」孔子原意是強調文質並重，但在被不同的人們引用時，往往表現出或尙文輕質或尙質輕文的偏頗；甚至將「辭達而已矣」作爲反對作品文學化的法斧。蘇軾從自己的創作實踐出發，對此二言進行調整和發揮，探討文學表現過程中的思維機制、表現原則等美學問題。他以爲「辭達」不僅不是「不文」，相反的，是一種很高的語言藝術之審美境界，不僅要求「華實相副期於適用」（〈與侄孫元老〉《東坡全集》卷六〇），更重要的是達到兩種層次：其一，了然於心，其二了然於口與手。首先要求「了然於心」，作者須具有善於「繫風捕影」捕捉瞬間即逝之事物的能力，即維肖維妙的形象思維能力，能細心觀察深入研究客觀事物，形成文學中的「意」，完成審美意象的創造，進行「構思」：使客觀事物的本質和規律「了然於心」，這與文與可畫竹時「先得成竹於胸中」然後「振筆直遂以追其所見」的過程無二。（〈文與可畫篔簹谷偃竹記〉《東坡全集》卷三八），已經進人文藝創作觀察生活、孕育形象、刻繪形象的境界。眞正做到「達」，也就是說作家富有構造、醞釀藝術意念與敏銳及時捕捉胸中意念的能力和表現藝術意念的技巧、素養。做到這一步是極不容易的，故曰「蓋千萬人而不一遇也」。其次要求做到「了然於口與手」是要求充分調動語言文字，準確、鮮明、生動地描繪客觀事物，即進行傳達，才能眞正稱之爲辭達，文才會「不可勝用矣」。（註三六）在此，蘇軾概括地論述藝術審美創造的全部過程，求物之妙——感知階段；「了然於心」——構思階段；「了然於口與手」——表現階段，將外物、內思和表達的文辭緊密的結合在一起。（註三七）

蘇軾倡言辭達，因而十分厭惡迂怪艱僻的文風，〈謝南省主文啓〉云：

天下之士，難於改爲。自昔五代之餘，文教衰落，風俗靡靡，日以塗地。聖上慨然太息，思有以澄其源，疏其流，明詔天下，曉諭厥旨。於是招來雄俊魁偉、敦厚樸直之士，罷去浮巧輕媚、叢錯采繡之文，將以追兩漢之餘，而漸復三代之故。士大夫不深明天子之心，用意過當，求深者或至於迂，務奇者怪僻而不可讀，餘風未殄，新弊復作。大者鏤之金石以傳久遠，小者轉相模寫，號稱古文，紛紛肆行，莫之或禁。蓋唐之古文，自韓愈始，其後學韓而不至者爲皇甫湜，學皇甫湜而不至者爲孫樵，自樵以降，無足觀矣。（《東坡全集》卷六四）

對於迂怪艱僻的文風，蘇軾發出如是感歎；對於「好爲艱深之詞」的揚雄，則嚴加批判，〈答謝民師書〉云：

揚雄好爲艱深之辭，以文淺易之說；若正言之，則人人知之矣。此正所謂「雕蟲篆刻」者，其〈太玄〉〈法言〉皆是也，而獨悔於賦，何哉？終身雕篆而獨變其音節，便謂之經，可乎？屈原作《離騷經》，蓋風雅之再變者，雖與日月爭光可也，可以其似賦而謂之雕蟲乎？使賈誼見孔子，升堂有餘矣；而乃以賦鄙之，至與司馬相如同科，雄之陋如此比者甚眾。

揚雄爲文喜艱深尙模擬，而且製造過不少歪理，籠統地把賦體作品一概抹煞，把賈誼地位大大貶低。（揚雄《法言．吾子》）蘇軾批評揚雄著作的內容淺易、文辭深奧；在蘇軾看來，雕蟲篆刻固不足取，但揚雄的《太玄》、《法言》全是一字一句模經範聖的作品，不過是「變其音節便謂之經」，卻是眞正的「雕蟲篆刻」更不足取。對揚雄片面輕賦重經的觀點，蘇軾是痛加駁斥的；蘇軾以爲辭賦有高下之分，揚雄把辭賦全看作是「雕蟲篆刻」是相當膚淺的，屈原的《離騷經》可與日月爭光，賈誼之作，又豈能和司馬相如同科？

三、文理自然姿態橫生

在創作上蘇軾主張有感而發出於不能自已，因而對文章的藝術風格，他要求文理自然姿態橫生。〈答謝民師書〉中便提出了這樣的主張：

所示書教及詩、賦、雜文，觀之熟矣。大略如行雲流水，初無定質，但常行於所當行，常止於不可不止。文理自然，姿態橫生。

這段文字雖是對謝民師作品的贊語，贊揚其文章風格生動活潑多姿多變；事實上也是蘇軾自己的創作原則。雲與水有流動自如、變化無跡的特點；所謂「行於所當行」「止於不可不止」就是強調爲文在藝術規律所容許的範圍內自由揮灑。所謂「文理自然」，是從內容和形式來要求文學創作；強調一種天才洋溢，自得天成的創作個性；文章表達出客觀事物的外形常理，包括相對靜止和不斷變化時的常形常理，絕不僅指一般的文從字順、通達平易。（註三八）所謂「姿態橫生」就是不拘一格、不受羈勒、變化百出、多采多姿，亦即窮形盡相地把事物千姿百態描繪出來。（註三九）

細繹之，蘇試的「文理自然姿態橫生」至少包含三層意思：其一，要求文學創作千姿百態、形象逼眞，反對程式文章千篇一律。在〈書吳道子畫後〉中說：

> 道子畫人物，如以燈取影，逆來順往，旁見側出，橫斜平直，各相乘除，得自然之數，不差毫末。（《東坡全集》卷六〇）

「逆來順往，旁見側出，橫斜平直」即指其畫之變化無窮、出人意料、衝破常規、不拘成法。蘇軾認爲吳道子畫藝之妙，在於他能「如以燈取影」體察表現對象「不差毫末」「得自然之數」，即準確無誤地掌握了人物描寫技巧和路數做到維妙維肖。自然的事物是千差萬別、姿態橫生的；文章也是一樣，如能反映千差萬別的客觀事物，又表現作者個性，自然不會千篇一律、千人一面。〈答張文潛書〉中，蘇軾對王安石企圖以自己的文章學術劃一文壇的作法，提出尖銳批評：

> 文字之衰，未有如今日者也，其源實出於王氏。王氏之文，未必不善也，而患在於使人同己。自孔子不能使人同，顏淵之仁，子路之勇、不能以相移。而王氏欲以其學同天下。地之善者，同於生物。不同於所生；惟荒瘠斥鹵之地，彌望皆黃茅白葦，此則王氏之同也。（《東坡全集》卷四六）

他認爲土地肥美能生長各種蓬勃多姿的植物，而一望無際都是黃茅白葦的單調荒蕪，正是土地貧瘠的象徵；同理，文章體制的千篇一律，正是思想僵化精神貧乏的表現。軾以此爲喩，正是反對內容形式和風格的千篇一律千人一面，要求文學創作千姿百態、形象逼眞。其次，要求文學創作不僅形似而且神似。在〈石氏畫苑記〉一文中，蘇軾引蘇轍的話來表明自己見解：

子由嘗言，所貴畫者，爲其似也；似猶可貴，況其眞者。（《東坡全集》卷六〇）

從藝術的反映與對象的關係上，他提出形似的必要性。在〈書吳道子畫後〉又云：

出新意於法度之中，寄妙理於豪放之外。

可見他不僅要求形似，更要求神似。〈書鄢陵王主簿所畫折枝二首之一〉他正面提出重神似的見解：

論畫以形似，見與兒童鄰。賦詩必此詩，定非知詩人。詩畫本一律，天工與清新，邊鸞雀寫生，趙昌花傳神。何如此兩幅，疏淡含精匀，誰言一點紅，解寄無邊春。（《東坡全集》卷一七）

「天工」就是事物的自然神態；清新，即從富有特性的事物中發掘出神韻、妙理、美感。「天工與清新」就是神似的具體表現。如何才能得其神似呢？蘇軾認爲要善於抓住體現創作對象之「神」的特殊之「形」，著力刻劃描寫，使之傳神，亦即以「一點紅」體現「無邊春」。（註四〇）其三，姿態橫生，出於文理自然。由以上的論述可知，「文理自然」是因，「姿態橫生」是果；要姿態橫生，就得文理自然。（註四一）

要如何做到「文理自然」呢？那就得隨物賦形。在〈文說〉中，蘇軾總述一生寫作經驗，總評自己文章風格時，他強調隨物賦形的重要：

吾文如萬斛泉源，不擇地皆可出。在平地滔滔汩汩，雖一日千里無難。及其與山石曲折，隨物賦形，而不可知也；所可知者，常行於所當行，常止於不可不止，如是而已。其他，雖吾亦不能知也。（《東坡全集》卷五七）

蘇軾指出創作要像流水，是豐富感情的自然流露，創作激情一旦迸發，就如同萬斛泉流洶湧澎湃、滔滔汩汩、傾瀉曲折、舒展自如。同時他又以「隨物賦形」來說明自己的思想情感是隨著客觀事物的不同而發生變化的；忠實於客觀事物忠實於生活本質，創作手法也隨之變化；或行或止，都符合物情意態的需要，絕無刻意雕琢的人爲痕跡，而有妙造自然之境。（註四二）統言之，隨物賦形，包括兩層含義：其一由於事物在不斷地運作、變動，因而創作時不僅要寫出事物的常態，也要涉及種種變態；其二，隨物賦形涉

及人與現實的審美關係，作家要由此出發，擺脫法度束縛，以自然為原則，自由進行創作。（註四三）

蘇軾的文章風格，確實表現出「文理自然姿態橫生」的審美特徵。不只是自評，歷來文評家們也是如此評斷。宋代釋惠洪評其文曰：「以其理通，其文渙然為水之質，漫衍浩蕩，則其波亦自然成文。」（《石門文字禪》卷二七〈跋東坡忧池錄〉）；明代茅坤說：「行乎其所當行，止乎其所不得不止，浩浩洋洋，赴千里之河而注之海者，蘇長公也。」（《唐宋八大家文鈔・類例》）；清代沈德潛也說：「（東坡文）一瀉千里，純以氣勝。」（《唐宋八家古文讀本・凡例》）以上諸家眾口一詞，具體道出蘇軾散文文理自然姿態橫生的審美特徵。

綜上所述，蘇軾文論是最豐富、最有系統、最富進步色彩的。在創作動機上，他提出「不能不為」；在創作功能上，他主張「有為而作」；在創作方法上，他強調「有意而言」。由此引出語言藝術的「辭達」及藝術風格的「文理自然姿態橫生」。他摒棄某些道學家和政治家排斥文學性的狹隘實用觀，把文學當作獨立的事業，多方面地探討它的藝術規律與技巧；建構起自己博大精深的理論體系，再加上他個人散文創作的傑出表現，不僅使古文運動勝利完成，徹底掃除文壇弊風，而且開放明代公安派文學解放的先聲。

第五節　蘇轍

蘇轍（一〇三九——一一一二），字子由，號潁濱遺老，眉州眉山（今四川眉山縣）人。仁宗嘉祐元年（一〇五六年），與父兄（洵、軾）同時離蜀入京，次年與兄同舉進士。神宗時，王安石倡行新法，軾、轍力言不便；又曾論罷蔡確、韓縝、章惇、呂惠卿等。累官尚書右丞、門下侍郎，後以事忤元豐諸臣，累貶徙許州，徽宗時復官大中大夫，致仕，築室於許，撰〈潁濱遺老傳〉萬餘言自述生平經歷，著有《欒城集》等，《宋史》卷三三九有傳。

蘇轍是北宋古文家，爲文汪洋澹泊，與父兄台稱「三蘇」，是「唐宋古文八大家」之一，文章以議論文爲主。

蘇轍文論的核心在於他的「養氣說」。在中國文論範疇中，「養氣說」一直很受重視。從孟子「知言養氣」開始，曹丕〈典論論文〉、劉勰《文心雕龍‧養氣》、韓愈〈答李翊書〉先後賦予其不同涵義。蘇轍對養氣也提出論述和闡發。〈上樞密韓太尉書〉云：

太尉執事，轍生好爲文，思之至深。以爲文者，氣之所形。然文不可以學而能，氣可以養而致。孟子曰：「我善養吾浩然之氣。」今觀其文章，寬厚宏博，充乎天地之間，稱其氣之小大。太史公行天下，周覽四海名山大川，與燕、趙間豪俊交遊，故其文疏蕩，頗有奇氣。此二子者，豈嘗執筆學爲如此之文哉？其氣充乎其中，而溢乎其貌，動乎其言，而見乎其文，而不自知也。（《欒城集》卷二二）

孟子首倡知言養氣，強調主觀的道德修養，重在培養理想人格，所談的是一個倫理學上的問題。（註四四）曹丕以氣論文，一方面承認人的天賦稟性有所不同，不能互相替代，有其合理的方面，同時又把先天的稟賦、氣質看作是後天所不能更改的，所謂「雖在父兄不能以移子弟」「不可力強而致」。（《文選》卷五二）。劉勰也提出養氣，但他不是爲了作文而是「懼爲文之傷命」「歎用思之神困」（《文心雕龍》卷九），以此爲寫作之養息，他的養氣事實上是養生。韓愈雖是重複孟子的觀點，但卻使養氣與文學產生密不可分的關係，他要求去「雜」取「醇」，養「浩乎其沛然」的氣，達到氣盛言宣。（《昌黎先生集》卷一六）但他的養氣之方，是從儒家典籍培養起來的，可謂孟子仁義在內主張之繼續。（註四五）眞正養氣爲文首由蘇轍提倡，他上繼韓愈，使孟子的養氣說在文論上有進一步的發揮。他提出與曹丕不同的觀點，曹丕「文以氣爲主，氣之淸濁有體，不可力強而致」；蘇轍則是「以爲文者，氣之所形，然文不可以學而能，氣可以養而致」，把文當作氣的直接表現，而氣是一種宏博雄健的氣勢，他的基礎是作家主觀的思想、感情、性格、見識的統一體，氣不同，文自異，因此學文就必須養氣。（註四六）基本上，曹丕側重先天稟賦，蘇轍既重先天稟賦，亦重後天修養（註四七），文章神化之境儘管非學力可及，但養氣的結果，仍然可以到達聖處，所謂「氣充乎其中，而溢乎其貌，動乎其言，而見乎其文，而不自知也」。至於如何養氣呢？他舉孟子、司馬遷爲例，說明一在加強內心的修養，一在增加外境的閱歷和見識。孟子「寬厚宏博，充乎天地之間，稱其氣之小大」是重在內心修養，他的浩然之氣是「配義與道」是「集義所生」是用道德修養培養出來的（阮元刻《十三經注疏本》《孟子注疏》）；司馬遷「行天下，周覽四海名山大川，與燕趙間豪俊交遊，故其文疏蕩，頗有奇氣」，是重在外境的閱歷和見識；史遷爲文頗有

奇氣，是他周覽名山大川、盡天下奇觀的結果。（註四八）

蘇轍在養氣問題上並沒有完全超出孟子養氣說的範圍，都在一定程度上注意到客觀生活閱歷對於激發志氣與文氣的作用，繼承了劉勰「然屈平之所以能洞鑒風騷之情者。抑亦江山之助乎！」的觀點（《文心雕龍》卷一）。與韓愈比較起來，蘇轍更重視客觀閱歷，不像韓愈僅僅通迴聖賢經籍來養氣。蘇轍的養氣法，更具實踐性，更容易把握，積極意義也更大。（註四九）閱歷的豐富，不僅在使文章具備奇氣，更重要的是使作家廣泛接觸社會、認識社會，同時接受大自然的陶冶；所謂「讀萬卷書行萬里路」已成爲古代作家必備的條件。〈上樞密韓太尉書〉又云：

轍生十有九年矣，其居家所與遊者，不過其鄰里鄉黨之人，所見不過數百里之間，無高山大野，可登覽以自廣；百氏之書，雖無所不讀，然皆古人之陳跡，不足以激發其志氣。恐遂汩沒，故決然捨去，求天下奇聞壯觀，以知天地之廣大。過秦、漢之故都，恣觀終南、嵩、華之高，北顧黃河之奔流，慨然想見古之豪傑。至京師，仰觀天子宮闕之壯，與倉廩府庫、城池苑囿之富且大也，而後知天下之巨麗。見翰林歐陽公，聽其議論之宏辨，觀其容貌之秀偉，與其門人賢士大夫遊，而後知天下文章聚乎此也。

蘇轍以一個古文家的實踐感受，再次強調養氣之法，在博覽廣聞，以開闊胸襟。他以爲閉門修養，百氏之書雖無所不讀，「然皆古人之陳跡」「不足以激發其志氣」，作品內容不可能充實深刻。唯有客觀閱歷，才能拓展視野。具體說明了作家唯有對自然、社會觀察、體會和實踐，才是最好、最重要的養氣方法。且外境的閱歷，包括人物交遊的影響與山川形勝奇聞壯觀的激發。如此一來，便對學文提供了具體的途徑，文學也因之更能廣泛的反映現實。

綜上所述，蘇轍的養氣說，其重點在於內心的修養與外境的閱歷，而後者尤爲偏重。蘇轍對傳統的養氣說，能給予進一步的闡發，並賦予現實的物質基礎，對於古代文論「養氣說」是有貢獻的。（註五〇）

北宋後期文論，雖仍存在「文」與「道」此一命題的爭議，但長期未能解決好的問題都在此得到比較圓滿的解決，掃除文壇弊病，讓古文運動得到全面的勝利，散文創作也呈現全面的繁榮。

這一時期除前已述及之諸家外，尚有：李覯、司馬光、劉弇、呂南公值得重視。李覯論文主張以六經爲本，但不拘泥於古人，反對浮靡流宕的文風，以文爲「治物之器」要求文學成爲治理國家的工具；司馬光則強調文學的現實政治作用，在〈答孔文仲司戶書〉（文集卷六十）一文中，對孔門四科以德行爲首，以文字爲末之說作了肯定的理解，但他認爲只有「禮樂之文」才是文，文章「通意斯止」不需要「華藻宏辨」。站在實用的立場，一面要求文學的實用性，一面又完全否定文學形式的要求。他們兩人跟王安石一樣，都是政治家，在與道學家進行文道之爭之時，雖崇道而不斥文，表現謀求文道統一的傾向，但事實上他們所持的只是片面的，政治實用主義的文學觀。尤其是司馬光重德行，君子學道不學文的觀點，論者甚至將之歸爲北宋道學派文學觀發展過程中的重要樞紐。（註五一）而劉弇的文論主要有兩點，分別是尙變和重氣，前者要求不執一端、不拘一格、兼備諸長；後者融鑄前人的觀點強調氣之完足以求文章風格的豐富多采。（註五二）呂南公的文論，最出色的則是他對文道的看法。他認爲文是言的直接表現，而不是道的文字記錄，文學有其一定的獨立性，因此他反對當時重解經輕文章的偏見，強調文章要有自己的獨立見解。劉、呂二人的文論在北宋末期，有一定程度的可取之處。（註五三）

附　註

註　一：何寄澎，《北宋的古文運動》（台北：幼獅，民八一年），頁八〇。
註　二：祝尚書，《北宋古文運動發展史》（成都：巴蜀書社，一九九五年），頁二〇四。
註　三：同註，頁三四。
註　四：蔡鍾翔、成復旺、黃保眞合著，《中國文學理論史》（二）（北京：北京出版社，一九九一年），頁三七六。
註　五：金容杓，〈曾鞏散文研究〉，國立台灣大學中國文學研究所，碩士論文，民八三年五月，頁一三〇。
註　六：同註四，頁三七八。

註　七：趙則誠、張連弟、華萬忱合編，《中國古代文學理論辭典》（吉林：吉林文史出版社，一九八五年），頁七七。
註　八：郭紹虞，《中國歷代文論選（中）》（台北：木鐸，民六六年），頁六八。
註　九：同註四，頁三七八。
註一〇：同註四，頁三七八～三七九。
註一一：牟世金主編，《中國古代文論家評傳》（鄭州：中川古籍出版杜，一九八八年），頁四八九。
註一二：吳小林，《中國散文美學》（台北：里仁，民八四年），頁一七八。
註一三：同註四，頁三四八。
註一四：敏澤，《中國文學理論批評史（上）》（吉林：吉林敎育出版杜，一九九一年），頁五七五。
註一五：同註四，頁三四九。
註一六：同註七，頁七九。
註一七：熊憲光，〈王安石的文學觀及其實踐〉，《西南師範學院學報》一九八一年第一期，頁三八。

註一八：同註一二，頁一八二。

註一九：同註一一，頁四七七。

註二〇：同註一四，頁五九三。

註二一：張毅，《宋代文學思想史》（北京：中華書局，一九九五年），頁六九。

註二二：同註四，頁三五二。

註二三：同註四，頁三五三。

註二四：同註二三。

註二五：同註一一，頁四八二～四八三。

註二六：蔣凡、郁沅主編，《中國古代文論教程》（北京：中國書籍出版杜，一九九四年），頁二一七。

註二七：冷成金，〈蘇軾、朱熹文藝觀之比較〉，《中國人民大學學報》一九九六年三月，頁八五。

註二八：劉乃昌，〈蘇軾的文藝觀〉，《文史哲》一九八一年第三期，頁三七〇。

註二九：同註一二，頁二一五。
註三〇：徐中玉，〈論蘇軾的「文理自然，姿態橫生」說〉，《杜會科學戰線》一九八一年第四期，頁二四三。
註三一：同註一一，頁五〇八。
註三二：同註二六，頁二一九。
註三三：張良志，〈蘇軾的文論〉，《南寧師專學報（綜合版）》一九八三年創刊號，頁一三。
註三四：同註一二，頁二一三。
註三五：黨聖元，〈蘇軾的文章理論體系及其美學特質〉，《中國古代、近代文學研究》一九九八年第六期，頁二七六。
註三六：同註一四，頁六〇〇。
註三七：王文龍，〈論蘇軾的散文美學思想〉，《寶鷄師院學報》，一九九〇年第四期，頁六一。
註三八：同註三〇，頁二四五。

註三九：同註一二，頁二二三三。
註四〇：張少康、劉三富合著，《中國文學理論批評史（下）》（北京：北京大學出版社，一九九五年），頁二四。
註四一：同註三三，頁一一二～一一六。
註四二：同註二六，頁二二二二。
註四三：同註二六，頁一一三六。
註四四：楊雋，〈從「養氣」說看蘇轍的文藝思想〉，《四川師範學院學報：哲社版》一九八九年第一期，頁三。
註四五：同註四四，頁四。
註四六：同註四，頁三七三。
註四七：高光惠，〈蘇轍文學研究〉，國立台灣大學中國文學研究所，碩士論文，民七八年六月，頁八二。
註四八：同註八，頁八三～八四。
註四九：同註二，頁二一一二。

註五〇：同註一四，頁六〇七。

註五一：何寄彭，〈司馬光的文學觀及其相關問題〉《紀念司馬光與王安石逝世九百周年學術研討會論文集》（台北：文史哲，民七五年），頁三三九～三四八。

註五二：同註四，頁三七九～三八二。

註五三：同註四，頁八三～八四。

第六章　結論

北宋文論是北宋政治、經濟、文化背景等因素交互影響下的產物，它的發展，與：科舉的擴大與改革、學校書院的大量設立、印術術的廣泛使用、變法革新的不斷開展、儒學復興與理學的產生有直接的關係。它與古文運動互爲表裏、密不可分，它是中唐韓、柳等人古文創作基本思想和探索精神的延續，二者同步進行，因而歷史分期也是一致的，主要可分：前期、中期和後期。前期是古文運動發動階段，文論的重點在於扭轉方向，糾正文弊；文論的內涵特別強調儒家道統，主張文道合一，主要批評家有柳開、石介等。中期是古文運動的發展階段，文論的重點在於端正方向、建構文體；文論的內涵在於修正前期謬誤深化前期理論。特色是發展路徑一分爲二，產生以歐陽修爲主盟的建設性文論及理學家爲中心的僵固性主張。後期是古文運動的完成階段，文論的重點在於確定方向鞏固文體；文論的內涵在於理論的多元化與文學的獨立性。主要的批評家有政治家如王安石、曾鞏等及文學家三蘇父子。

北宋文論的精神特徵，簡言之有二，一是教化說對文學的步步緊逼；二是文學對教化說的步步遠離。（註一）以第一種情況而論，加強儒家思想對文學的主導，使文學成爲一種爲道服務的工具，一直是北宋文論的一種趨勢，特別在破除淫靡文風的前提下，這種情形特別明顯，較極端的分子前有柳開、石介，後有周敦頤、二程等。以第二種情況而論，則有一批較進步、開明的批評家如王禹偁、田錫、歐陽修、三蘇等。他們試圖打破以教化爲中心的思想束縛把文學當作獨立事業，強調文學的藝術規律與技巧，爭取文學內容的開放性。

圍繞此二環，北宋文論集中地討論了：文與道的問題、文學的師法問題乃至藝術風格與表現手法問題等。就文與道的問題而言，它指涉了文章的意義與功能、道的問題、文道關係等層面。北宋文論，在此，表現了三種類型。第一種類型，要求文章闡述古道，「道」指的是儒家典籍與固有倫理，要求文道合一，文爲手段道爲目的，道爲主要文爲次要，表現出重理輕文、重理輕辭的傾向。主要的批評家有柳開、石介，尤復甚者則有周敦頤、二程等理學家，由此而演化成「文以載道」或「作文害道」，嚴重妨礙文學的獨立發展。第二種類型，強調文學的經世致用，同樣也主文道合一（或文在道外），他們的「道」講的也是儒道，卻偏向修身事君的道德理性，與政治、事功、民生產生較爲密切的聯繫。主要批評家有王禹偁、穆修及其後的政治家如王安石、司馬光、曾鞏等。第三種類型，主張文道並重，不排斥儒道但更強調文學的獨立性，道的範圍較爲寬泛，不限於儒道與政治，而觸及萬事萬物的客觀規律性，主要的批評家有田錫、歐陽修及三蘇等。就文學的師法問題而言，北宋鑒於文風的凋弊，大半的批評家崇尊韓愈，如：柳開、王禹偁、穆修、石介等；韓愈之外，如孔子、孟子、荀卿、賈誼、董仲舒、揚雄、王通等，也是柳開等人心目中的取法對象；王禹偁則以柳宗元能配韓愈；歐陽修較柳開等人多了屈原、司馬相如；蘇洵在孟韓之外，對李翺、陸贄也都予以注意；蘇軾則推重賈誼、陸贄、屈原、司馬遷、歐陽修，而反揚雄，蘇轍也推重陸贄及歐陽修等。（註二）其中田錫最特別，他主張博採衆長轉益多師，被他點到的名字有：韓愈、柳宗元、元稹、白居易、牛僧孺、陸贄、李白、杜甫、張謂、呂溫等。就藝術風格與表現手法問題而言，風格部分，爲了破除唐末五代以來的華艷文風，北宋的批評家在文章風格大抵偏向通達平易、易道易曉、簡明有法、自然平淡等；表現手法部分則傾向於保守平穩，唯三蘇較具衝創性、新穎性，如：蘇洵的「風水相遭」說、蘇軾的「辭達」說「文理自然姿態橫生」論及蘇轍的「養氣」說等。

北宋文論對後代文論的影響是深遠的。以道論文影響所及，南宋，朱熹修正程頤等人的觀點把道學家的理論提高到了一個新的水平。陳亮和葉適起來反對朱熹成爲王安石、蘇軾文學主張的後勁；眞德秀、魏了翁也曾試圖重振先輩之說，成爲理學家文論的末流。元代，郝經、吳澄、戴表元、楊維楨等，以古爲尙，強調唯有「志乎古」方能做到「遺乎今」。明代，宋濂論文以宗經爲中心，崇實務本，提倡文章宜明道致用，爲三綱六紀服務。方孝孺與宋濂同一路徑，力主載道，強調文章功用，在於明道立敎。王愼中、唐順之、歸有光、茅坤等，提倡韓、柳、歐、曾之文，求反虛入渾，積健爲雄。清代，魏禧、汪琬等強調文以明理，而明理之目的在於經世致用。桐城派之主要人物：方苞、劉大櫆、姚鼐等亦強調文道合一，奉古文爲正宗。曾國藩亦主文道合一說，以爲「見道既深且薄，而行文復臻於無累」。（註三）至於歐陽修、三蘇等人之文論，則開啓明代以下文學解放、崇尙性靈的先聲。

綜合以上所述，北宋文論的確是承上啓下，在我國文學批評史上佔有舉足輕重之地位。

附註

註一：蔡鍾翔、黃保眞、成復旺合著，《中國文學理論史㈡》（北京：北京出版杜，一九九一年），頁二八四。

註二：何寄澎，《北宋的古文運動》（台北：幼獅，民八一年），頁一一七～一四四。

註三：蔡芳定，《唐代文學批評研究》（國立台灣師範大學國文研究所，博士論文，民七九年五月），頁三五六～二五七。

參考書目（依作者姓氏筆劃順序排列）

一、古代文獻

王安石。《臨川先生文集》。台北：華正書局，民六六年。

王禹偁。《小畜集》。《四部叢刊》。台北：台灣商務印書館，民七二年。

石介。《徂徠石先生文集》。《四部叢刊》。台北：台灣商印書館，民七二年。

田錫。《咸平集》。《四部叢刊》。台北：台灣商務印書館，民七二年。

周敦頤。《通書》。《百部叢書》。台北：藝文印書館，民七二年。

周煇。《清波雜誌》。台北：新興書局。民六七年。

柳開。《河東集》。《四部叢刊》。台北：台灣商務印書館，民七二年。

脫脫等。《宋史》。台北：藝文印書館，民七一年。

程顥、程頤。《河南程氏遺書》。台北：里仁書局，民七一年。

程顥、程頤。《外書》。台北：里仁書局，民七一年。
曾鞏。《元豐類稿》。台北：世界書局，民七六年。
司馬光。《涑水紀聞》。《叢書集成》。台北：商務印書館，民七二年。
劉勰。《文心雕龍》。台北：世界書局，民七七年。
穆修。《河南穆公集》。《四部叢刊》。台北：台灣商務印書館，民七二年。
韓愈。《昌黎先生集》。台北：河洛書局，民六五年。
蘇洵。《嘉祐集》。台北：世界書局，民七六年。
蘇舜欽。《蘇學士文集》。《四部備要》。台北：中華書局，民六七年。
歐陽修。《新唐書》。台北：鼎文書局，民六八年。
歐陽修。《歐陽文忠公文集》。台北：華正書局，民六四年。
蘇軾。《東坡全集》。台北：世界書局，民七六年。
蘇轍。《欒城集》。《四部叢刊》。台北：台灣商務印書館，民七二年。

二、現代文獻

(一)專書部分

中國蘇軾研究學會編。《中國第十屆蘇軾研討會論文集》。濟南：齊魯書社，一九九九年。
方孝岳。《中國文學批評》。台北：文馨出版社，民六四年。
王明蓀。《中國通史——宋遼金元史》。台北：衆文圖書股份有限公司，民七五年。
牟世金主編。《中國古代文論家評傳》。鄭州：中州古籍出版社，一九八八年。
朱東潤。《中國文學批評史大綱》。台北：台灣開明書店，民六八年。
何寄澎。《北宋的古文運動》。台北：幼獅文化事業公司，民八一年。
吳小林。《中國散文美學》。台北：里仁書局，民八四年。
周勛初。《中國文學批評小史》。台北：崧高書局，民六六年。
周寶珠、陳振主編。《簡明宋史》。北京：人民出版社，一九八五年。
祝尚書。《北宋古文運動發展史》。成都：巴蜀書社，一九九五年。
姚瀛艇主編。《宋代文化史》。台北：雲龍出版社，一九九五年。
徐壽凱。《中國古代藝文思想漫話》。台北：木鐸出版社，民七五年。
袁　進。《中國文學觀念的近代變革》。上海：上海社會科學院出版社，一九九六年。

郭紹虞。《中國文學批評史》。台北：粹文堂書局，民六六年。
郭紹虞。《中國歷代文論選（中）》。台北：木鐸出版社，民六六年。
郭紹虞。《照隅室古典文學論集》。台北：丹青圖書有限公司，民七四年。
陳鍾凡。《中國文學批評史》，台北：龍泉書屋，民六八年。
敏　澤：《中國文學理論批評史》。吉林：吉林教育出版社，一九九一年。
國家文藝基金會。《紀念司馬光王安石逝世九百周年學術研討會論文集》。台北：文史哲，民七五年。
張少康、劉三富合著。《中國文學理論批評史（下）》。北京：北京大學出版社，一九九五年。
傅庚生。《中國文學批評通論》。台北：盤庚出版社，民六六年。
游信利。《蘇東坡的文學理論》。台北：學生書局，民七〇年。
黃啓方。《北宋文學資料彙編》。台北：成文出版社，民七一年。
黃啓方。《兩宋文史論叢》。台北：學海出版社，民七四年。
張　健。《宋代文學批評》。《中國文學講話㈧》。台北：巨流圖書公司，民七五年。

張　健。《宋金四家文學批評研究》。台北：聯經出版事業公司，民六四年。
張　健。《歐陽修之詩文及文學評論》。台北：台灣商務印書館，民六二年。
張高評編。《宋代文學叢刊（第二期）》。高雄：麗文文化事業股份有限公司，一九九六年九月。
張傳璽主編。《簡明中國古代史》。北京：北京大學出版社，一九九一年。
張海鷗。《宋代文化與文學研究》。北京：中國社會科學出版社，二〇〇二年。
張　毅。《宋代文學思想史》。北京：中華書局，一九九五年。
張毅主編。《宋代文學研究》。北京：北京出版社，二〇〇一年。
傅樂成。《中國通史》。台北：大中國圖書公司，民六五年。
程　杰。《北宋詩文革新研究》。呼和浩特：內蒙古教育出版社，二〇〇〇年。
趙紹銘。《中國宋遼金夏政治史》。北京：人民出版社，一九九四年。
趙則誠、張連弟、華萬忱主編。《中國古代文學理論辭典》。吉林：吉林文史出版社，一九八五年。
劉大杰。《中國文學批評史》。台北：文匯堂，民七五年。

劉復生。《北宋中期儒學復興運動》。台北：文津，一九九一年。
蔣凡、郁沅主編。《中國古代文論教材》。北京：中國古籍出版社，一九九四年。
蔣述卓、洪柏昭、魏中林、王景霓、劉紹謹編。《宋代文學理論集成》。北京：中國社會科學出版社，二〇〇〇年。
魯亦冬。《中國宋遼金夏經濟史》。北京：人民出版社，一九九四年。
劉若愚著、杜國清譯。《中國文學理論》。台北：聯經出版事業公司，民七〇年。
潘美月。《圖書》。台北：幼獅文化事業公司，民七五年。
蔡鍾翔、成復旺、黃保眞。《中國文學理論史㈡》。北京：北京出版社，一九九一年。
譚　帆。《傳統文藝思想的現代闡釋》。上海：上海社會科學院出版社，一九九五年。
羅香林。《中國通史》。台北：正中書局，民八一年。
羅根澤。《中國文學批評史》。台北：學海書局，民六九年。

㈡論文部分

王文龍。〈論蘇轍的散文美學思想〉。《寶鷄師院學報：哲社版》一九九〇年第四期，頁五七～六四。

王向峰。〈論蘇轍的美學思想〉。《文藝理論研究（滬）》一九八五年第四期，頁八一～八九。
王延梯。〈宋初文風與王禹偁的文學觀〉。《文史哲》一九八七年第四期，頁二六～二九。
王忠禮。〈蘇舜欽在北宋文學復古運動中的作用〉。《綿陽師專教學與研究》一九八三年第二期，頁五七～六二。
王忠禮。〈蘇舜欽文學思想試探〉。《四川師院學報》一九八三年第三期，頁八三～八八。
王晉光。〈王安石以文逆志論與創作技巧論〉。《文藝理論研究》一九九二年第一期，頁四四～四七。
冷成金。〈蘇軾、朱熹文藝觀之比較〉。《中國人民大學學報（京）》一九九六年三月，頁八四～九〇。
李壯鷹。〈略談蘇轍的創作理論〉。《浙江師範學院學報》一九八一年第一期，頁四五～五一。

李貞慧。〈蘇軾「意」「法」觀與其古文創作發展之研究〉，國立台灣大學中國文學研究所，博士論文，民九一年一月。

沈時蓉、詹杭倫。〈宋金元文藝美學思想巡禮〉。《西北師大學報：社科版》一九八九年第一期，頁五六～六二。

沙裕忠、章宗友。〈談歐陽修的文學批評理論與實踐〉。《浙江師範學院學報》一九八一年第三期，頁四三～四七。

孟英翰。〈北宋理學家的文學理論研究〉。國立台灣大學中國文學研究所，碩士論文，民七八年五月。

金中樞。〈宋代古文運動之發展研究〉。《新亞學報》五卷二期（民五二年八月），頁一八一～二五三。

金啓華。〈北宋詩文革新三先驅略述〉。《江海學刊》一九九二年第五期，頁一五三～一五六。

金容杓。〈曾鞏散文研究〉。國立台灣大學中國文學研究所，碩士論文，民八三年五月。

周建國。〈論北宋古文運動中的歐陽修與蘇軾〉。《安慶師院學報：社科版》一九九一年第二期，頁八六～九二。
吳新雷。〈宋元文藝思潮論〉。《山西師大學報（社會科學版）》第二四卷第二期，頁三〇～三五。
易錦海。〈歐陽修在北宋古文運動中的地位及其貢獻〉。《華中工學院學報》一九八一年第二期，頁一一九～一三〇。
林繼中。〈論蘇軾審美精神的實現〉。《天府新論（成都）》一九九〇年第六期，頁七六～八一。
洪光勳。〈兩宋道學家文學理論研究〉。國立台灣大學中文研究所，博士論文，民八四年六月。
姜書閣。〈蘇軾在宋代文學革新中的領袖地位〉。《文學遺產（京）》一九八六年第三期，頁六七～七五。
高光惠。〈蘇轍文學研究〉。國立台灣大學中文研究所，碩士論文，民七八年六月。
徐中玉。〈論蘇軾的「文理自然姿態橫生」說〉。《社會科學戰線》一九八一年第四期，頁二四一～二四八。

徐中玉。〈論蘇軾的文藝批評觀〉。《華東師範大學學報》一九八〇年第六期，頁二五～三二。
寇養厚。〈歐陽修文道並重的古文理論〉。《文史哲》一九九七年第三期，頁八七～九六。
崔承運。〈論蘇軾的藝術哲學——以文學散文爲中心〉。《北京大學學報：哲社版》一九九五年第六期，頁七八～八六。
梁道理。〈試論宋代古文運動中的兩條路線〉。《陝西師大學報（哲社版）》一九八四年第一期，頁四六～五八。
張良志。〈蘇軾的文論〉。《南寧師專學報（綜合版）》一九八三年創刊號，頁一二～一六。
曾棗莊。〈蘇轍對北宋文學的貢獻〉。《四川大學學報社會科學版》，一九八四年第四期，頁一二〇～一二六。
曾棗莊。〈蘇轍的文藝思想〉。《中國古代、近代文學研究》一九八六年第四期，頁一四六～一五二。
黃鳴奮。〈歐陽修、蘇軾的文藝價值觀〉。《江西社會科學》一九八五年第三期，頁八

○～八二。
黃寶華。〈北宋古文運動發微〉。《上海師範大學學報》一九九五年第四期，頁四三～四九。
楊　雋。〈從「養氣」說看蘇轍的文藝思想〉。《四川師範學院學報：哲社版》一九八九年一期，頁三～九。
熊憲光。〈王安石的文學觀及其實踐〉。《西南師範學院學報》一九八一年第一期，頁三三～四○。
劉乃昌。〈蘇軾的文藝觀〉。《文史哲》一九八一年第三期，頁三六～四○。
劉　衍。〈從唐宋兩次古文運動看歐陽修革新傳統散文的理論貢獻〉。《中國文學研究》一九九八年第十期，頁一八四～一八七。
葛曉音。〈北宋詩文革新的曲折歷程〉。《中國社會科學》一九八九年第二期，頁一○一～一二○。
蔡芳定。〈唐代文學批評研究〉。國立台灣師範大學國文研究所，博士論文，民七九年五月。

羅　瑩。〈王禹偁與北宋初期的詩文革新〉。《瀋陽師範學院學報（社會科學版）》，二〇〇二年第三期，頁三四～三六。
羅立剛。〈宋代文統觀論綱〉。《求索》二〇〇一年第一期，頁一〇七～一一一。
黨聖元。〈蘇軾的文章理論體系及其美學特質〉。《中國古代、近代文學研究》一九九八年第六期，頁二七五～二八二。